La bibliothèque Gallimard

Source des illustrations
Couverture : d'après Liz Wright, *Celebration of the whale*. Collection particulière. Photo © Bridgeman Giraudon.
Bridgeman Giraudon : 16, 17, 51, 78. Corbis/Vince Streano : 111. Éditions Gallimard/ J. Sassier : 7. Photo 12 : 77.

© Éditions Gallimard, 1992 pour le texte, 2003 pour l'accompagnement pédagogique de la présente édition.

J. M. G. Le Clézio

Pawana

Lecture accompagnée par
Bruno Doucey
professeur certifié de lettres modernes

La bibliothèque Gallimard

Florilège

«C'était au commencement, tout à fait au commencement, quand il n'y avait personne sur la mer…»

« Depuis mon enfance j'ai rêvé d'aller là, dans cet endroit où tout commençait, où tout finissait.»

«Awaité pawana!…»

« C'était bien cela qu'on allait chercher au sud, ce refuge secret, cette cachette fabuleuse, où toutes les baleines étaient réunies.»

«Le regard de l'enfant brillait étrangement. Mais je me trompai sur ce qu'il exprimait.»

«Comment peut-on oublier, pour que le monde recommence?»

« Comment peut-on tuer ce qu'on aime? Comment peut-on détruire un secret?»

« Alors le ventre de la terre pourrait recommencer à vivre, et les corps des baleines grises glisseraient doucement dans les eaux les plus calmes du monde, dans cette lagune qui enfin n'aurait plus de nom.»

Ouvertures

Le récit de J. M. G. Le Clézio que vous vous apprêtez à lire fut écrit en 1988 pour le théâtre et le metteur en scène Georges Lavaudant, mais ne parut en librairie qu'en 1992. Dans la postface de l'édition « Folio junior », le romancier définit *Pawana* de la façon suivante :

« C'est une histoire authentique, celle d'un baleinier, Charles Melville Scammon. Cet homme aussi fabuleux et légendaire que le capitaine Achab, de *Moby Dick* de Melville, après avoir découvert au Mexique à la fin du siècle dernier une lagune où se reproduisaient les baleines grises, décida de les exterminer. »

Se rendant compte qu'il commettait une erreur irréparable, il consacra sa vie à leur sauvegarde, aidé par des révolutionnaires mexicains.

« Il écrivit même un des plus beaux livres consacrés au monde des baleines. »

Ces propos, qui introduisent parfaitement *Pawana*, n'ont qu'un défaut : ils oublient de préciser que Le Clézio fut, dès l'enfance, profondément attiré par les voyages et la vie des grands mammifères marins.

Itinéraire d'un enfant romancier

Un long voyage

Le roman de Le Clézio intitulé *Onitsha*, paru en 1991, qui constitue la version romancée d'une aventure vécue par l'auteur à l'âge de sept ans, s'ouvre par ces lignes :

« Le *Surabaya*, un navire de trois cents tonneaux, déjà vieux, de la Holland Africa Line, venait de quitter les eaux sales de l'estuaire de la Gironde et faisait route vers la côte ouest de l'Afrique. […] C'était la fin du dimanche 14 mars 1948, Fintan n'oublierait jamais cette date. »

Jean-Marie Gustave Le Clézio est né à Nice, le 13 avril 1940, d'une mère française et d'un père anglais. En l'absence de ce père, qui est médecin de brousse au Nigeria (dont Onitsha est l'une des villes principales), l'enfant passe les premières années de sa vie chez ses grands-parents maternels, à Roquebillière, petit village de l'arrière-pays niçois. Au début de l'année 1947, sa mère décide de se rendre avec lui au Nigeria pour rejoindre ce père un peu mythique qu'il ne connaît pas encore. Comme son héros Fintan, le jeune Le Clézio est âgé de sept ans lorsqu'il quitte l'estuaire de la Gironde sur le *Nigerstrom*, un vieux cargo de la Holland Africa Line, pour faire route vers la côte ouest de l'Afrique. Durant ce long et fabuleux voyage, qui le soustrait pour un temps aux obligations de la vie scolaire, l'enfant vit une expérience fondatrice : tandis que sa mère déambule dans les coursives du navire, scrute l'horizon ou s'allonge « dans une chilienne pour lire un livre et rêver », le garçonnet s'enferme dans une cabine sans fenêtre et rédige deux petits romans sur un cahier d'écolier. Le premier, intitulé *Un long voyage*, relate de

Ouvertures

façon presque autobiographique l'aventure qu'il est en train de vivre; mais elle se termine mal, car le bateau « est soulevé par une énorme baleine qui l'envoi[e] voltiger ». Dans le second, nommé *Oradi noir*, l'apprenti romancier se projette dans la peau d'un autre, narrant les aventures d'Oradi, un jeune Africain de neuf ans, qu'il promène sur tous les continents. Dans *Le déluge*, ouvrage publié en 1966, l'écrivain adulte reproduira une partie de ce récit enfantin s'apparentant aux histoires de pirates, de baleines et de naufrages qui avaient enflammé son imagination.

« Oradi noir »
Voici le second chapitre de ce récit, dont l'orthographe, vous le constaterez, n'est pas encore celle d'un grand romancier.

《 2ᵉ chapitre : le coulage.

Trois jours après, Oradi était en pleine mer. Il vit pendant quatre jours une énorme masse qui bougeait. Il ne savait pas ce que c'était : il n'en parla à personne, car il avait peur qu'on le gronde. Mais pourtan cela lui bruler la langue. Un jour il dit qu'il avait vu une énorme masse qui bougeait. Je croi que c'est une balaine monsieur. Mais surtout n'en parler à persone, sans cela ils la turont. Tout à coup l'énorme masse se jeta sur le bateau. Le bateau couru de toutes ses force. Mais la balaine donna sur le bateau un grand coup de queue à l'arière. Le bateau comança à faire une pirouétte par l'avant, pui il s'enfonça à l'arière. Toute l'eau rentra dedans. Le capitaine et Oradi était furieux. Ils tirèrent le harpon. Pui comme le harpon était lourd il manquait d'être entraîné : mais heureusement que le capitaine le retenait, sans cela il serait parti à la mer et dévorer par la balaine. Tout à coup Oradi fut entraîné par une vague et il tomba sur la queue de la balaine. La balaine croyant que c'était une mouche ou un oiseau, elle fit battre l'eau avec sa queue et elle fit couler le bateau complèquement. Alor le capitaine devin fou de rage, car le bateau était de marchandise et de bêtes : tous les barils se répandirent dans toute la mer. Chaques bêtes se mettait sur un baril, puis elle faisait un petit saut et rentrer à l'intérieure du baril. Quant au capitaine ! au capitaine ! il s'est mit dans l'énorme baril qui servait à remplir les autres. Mais qu'importe, le tout c'est qu'elle soit vide puisqu'il n'y a rien dedans : et Oradi, il nagea en tenant après le baril du capitaine. Le capitaine crier toujours d'une voix sévère : « aller donc ! dans quelque chose de creu ! »

J. M. G. Le Clézio, *Le déluge*, Gallimard, 1966.

En quête d'un ailleurs

Voyage au pays des mots
En séjournant pendant plus de deux ans au Nigeria, Le Clézio découvre, comme le petit Fintan, le bonheur d'être libre et de

courir pieds nus dans la savane. Le retour en France n'en sera que plus dur. À partir de 1950, l'enfant se voit contraint de suivre ses études, primaires puis secondaires, dans des établissements niçois. À l'âge où d'autres se passionnent pour le football ou le cyclisme, l'adolescent se tourne vers l'écriture, le dessin et la bande dessinée. Des années plus tard, l'écrivain s'en expliquera dans un long entretien accordé au journaliste Jean-Louis Ezine (voir J. M. G. Le Clézio, *Ailleurs*, Éditions Arléa, 1995, p. 19) :

« J'ai raté ma carrière. J'aurais aimé être dessinateur de bandes dessinées. C'est ça qui me plaisait vraiment. Parce que, dans la bande dessinée, il y a la littérature, les mots – vous pouvez dire des choses très bien dans les bulles de bandes dessinées –, et puis il y a le dessin, qui permet d'échapper aux mots chaque fois que vous en avez envie. C'est vraiment une fusion. »

Échapper aux mots ? En vérité, le jeune Le Clézio n'en aura guère le loisir. Le baccalauréat, des études de lettres, un mémoire de maîtrise consacré à l'œuvre du poète Henri Michaux (1899-1984) puis l'amorce d'une thèse de doctorat sur Lautréamont (1846-1870) l'entraîneront, presque malgré lui, sur la voie de l'écriture. À la même époque, Le Clézio rédige un roman, *Le procès-verbal*, qu'il expédie sans la moindre explication aux Éditions Gallimard. Le livre obtient le prix Renaudot, après avoir manqué de peu le Goncourt. Nous sommes en 1963. Le Clézio n'a que vingt-trois ans. L'enfant voyageur est devenu écrivain !

Par les chemins
À partir de cette date, Le Clézio vit de sa plume et multiplie les

Ouvertures

voyages à l'étranger. En 1966, l'écrivain part pour la Thaïlande, où il effectue son service militaire à titre de coopérant. Deux ans plus tard, il enseigne au Mexique, puis aux États-Unis. De 1969 à 1973, il effectue de longs séjours chez les Indiens Embera du Panama et du Guatemala. Cette expérience est si forte qu'elle transforme sa manière de voir le monde et d'écrire. Dès 1971, année au cours de laquelle paraît un ouvrage intitulé *Haï*, Le Clézio dénonce la société de consommation, qui fait de l'homme un esclave, et s'en prend au rationalisme étriqué de l'Occident. La rencontre des sociétés amérindiennes, l'apprentissage de deux langues indiennes et le contact immédiat de la nature font de lui un autre homme, ainsi qu'il le signale à l'entame de *Haï* :

« Je ne sais pas trop comment cela est possible, mais c'est ainsi : je suis un Indien. Je ne le savais pas avant d'avoir rencontré les Indiens, au Mexique, au Panama. Maintenant je le sais […] Quand j'ai rencontré ces peuples indiens, moi qui ne croyais pas avoir spécialement de famille, c'est comme si j'avais connu des milliers de pères, de frères et d'épouses. »

En dépit de ces allégations, cette famille indienne ne constitue qu'une étape de l'itinéraire littéraire et humain de Le Clézio. De Nice à la Bretagne, dont ses ancêtres sont originaires, du Mexique au Maroc, des routes océanes au sable des déserts, un même voyage, un même essor, une même quête : pour Le Clézio, écrire c'est voyager ; c'est entreprendre, par le langage, la découverte de contrées inconnues.

Une mythologie des origines

Dans l'archipel des Mascareignes
À partir des années 80, le romancier séjourne, à diverses reprises, dans l'archipel naguère appelé îles Mascareignes, au cœur de l'océan Indien. Curieusement, ces voyages, qui le conduisent à Rodrigues et dans l'île Maurice, sont pour lui des voyages à remonter le temps. En arpentant le sol dur et basaltique de Rodrigues, l'écrivain se souvient qu'au XVIIIe siècle un certain François Alexis Le Clézio avait quitté la Bretagne « avec sa femme et sa fille, pour l'île de France ». Quelques années plus tard, en 1810, au cours des guerres napoléoniennes, les troupes anglaises s'emparent de cette île, rebaptisée Maurice. Bien que d'origine bretonne (Le Clézio est aujourd'hui encore le nom d'un petit village du Morbihan), les ancêtres de l'écrivain acquièrent alors la nationalité anglaise.

Enfant, Le Clézio nourrit le sentiment d'avoir eu des ancêtres légendaires. L'image de son aïeul se confond avec celle des héros qui peuplent ses lectures. Sans doute l'imagina-t-il perdu en mer, ballotté par les tempêtes, menacé par les pirates, pourchassé par les navires ennemis. Cette mythologie des origines est d'autant plus forte qu'une autre figure d'aventurier hante l'esprit imaginatif du jeune Le Clézio : celle de son grand-père Léon, notable confortablement installé à l'île Maurice, qui fit un jour le choix d'abandonner sa famille et ses biens pour partir à la recherche d'un « hypothétique trésor ». Dans *Le chercheur d'or*, roman publié en 1985, puis dans le journal intitulé *Voyage à Rodrigues* (1986), Le Clézio reconstitue l'itinéraire de ce grand-père hors du commun qui chercha vainement, pendant des années, l'or d'un corsaire inconnu.

Les pages consacrées à ces ancêtres épris d'aventures et de

liberté rappellent celles dont se nourrit Le Clézio dans l'enfance : *L'île au trésor* de Stevenson, *Robinson Crusoé* de Daniel Defoe, *L'île mystérieuse* de Jules Verne, les romans de Joseph Conrad ou les « récits extraordinaires des navigateurs ».

Le rêve de la mer
Extraite de *Voyage à Rodrigues*, la page que nous vous proposons vous dira mieux que de longues explications quels livres, quels rêves, quelle passion de la mer habitent l'auteur de *Pawana* :

« Le rêve de mon grand-père, c'est surtout le rêve de la mer. Non pas la mer telle qu'il pouvait la voir au Port Louis, quand il y allait pour ses affaires : mer chargée de bateaux, paquebots en provenance de l'Europe ou de l'Inde, ou simples chasse-marée apportant leur cargaison de cannes, route commerçante plutôt qu'océan. Ni la mer si belle et si calme des lagons, à Mahébourg, à la pointe d'Esny, à Poudre d'Or, du côté de l'île aux Cerfs, tous ces bords de mer où on allait (déjà) en vacances, avec les enfants et les nourrices, pour quelques jours de robinsonnade dans les campements.

La mer qui l'a attiré : j'imagine que c'est d'abord dans les livres qu'il l'a rencontrée, dans les récits extraordinaires des navigateurs qui se trouvaient dans la bibliothèque de son père, et qu'il a dû lire, comme moi, dès l'enfance : Dumont d'Urville, Bougainville, Jacob de Buccquoy, D'Après de Mannevillette, l'Abbé Rochon, Ohier de Grandpré, Mahé de la Bourdonnais, Lislet Geoffroy, tous ces hommes qui parcouraient le monde à la recherche de terres nouvelles, d'îles inconnues, au péril de leur vie, et dont la vie n'avait de sens que par l'aventure. La mer qu'ils avaient aimée, qu'ils avaient connue, qui les avait fait souffrir, qui pour certains d'entre eux avait été la mort. […]

La mer qu'avaient battue pirates et corsaires pendant près d'un siècle, conquérant un empire, à Antongil, à Sainte Marie, à Diego Suarez.

La mer qu'avait traversée, au lendemain de la Révolution française, sur un brick nommé l'*Espérance*, mon aïeul François Alexis Le Clézio, croyant périr plusieurs fois dans les tempêtes, chassé par les pirates ou par les navires anglais, et arrivant un jour en vue de l'île de France, où l'attendait une vie nouvelle.

C'est cette mer-là que mon grand-père a dû rêver, une mer qui est elle-même la substance du rêve : infinie, inconnaissable, monde où l'on se perd soi-même, où l'on devient autre. [...]

La mer, le seul lieu du monde où l'on puisse être loin, entouré de ses propres rêves, à la fois perdu et proche de soi-même. »

J. M. G. Le Clézio, *Voyage à Rodrigues*, Gallimard, coll. « Le Chemin », 1986.

Dans le sillage des baleines

À hauteur d'enfance
Les baleines de la bibliothèque – Un lecteur attentif aura compris que les baleines ont fait très tôt leur apparition dans la vie et l'œuvre de Le Clézio ; mais on aurait tort de croire que le premier contact de l'enfant avec le monde fascinant des cétacés remonte au voyage maritime qu'il effectua, à l'âge de sept ans, jusqu'à la côte ouest de l'Afrique. Comme la plupart d'entre nous, le petit J. M. G. Le Clézio fit sans doute connaissance avec les baleines grâce aux contes et à la littérature enfantine. Il suffit pour s'en convaincre de songer aux récits dans lesquels le destin d'un être humain croise celui d'un grand mammifère marin. Qui a lu *Les aventures de Pinocchio,* de l'écrivain italien Carlo Collodi

(1826-1890), sait qu'un petit pantin de bois désobéissant fut un jour avalé par un monstre marin dont « le corps est long de plus d'un kilomètre ». Bien des enfants connaissent aussi les *Histoires comme ça* de Rudyard Kipling (1865-1936), romancier britannique qui rédigea deux inoubliables *Livres de la jungle*. Dans le récit intitulé « Le Gosier de la baleine », Kipling narre les mésaventures d'un nautonier, solitaire et naufragé, qui fut avalé par une baleine, « avec son radeau, sa culotte de droguet bleu, ses bretelles et son couteau de matelot ». Il évoque l'ingénieux système par lequel le nautonier parvint à s'extraire du ventre du cétacé : à l'aide de son couteau, le marin taille le radeau en forme de grillage, l'attache à ses bretelles puis le fiche en travers du gosier de la baleine. Le récit se clôt sur le triomphe du nautonier qui sort de l'animal « les mains dans les poches, sur les galets, et s'en retourn[e] chez sa mère ». Les dernières phrases de Rudyard Kipling donnent à cette histoire fabuleuse la dimension d'un conte étiologique, récit permettant d'expliquer, de manière fantaisiste ou imagée, les origines d'un phénomène naturel. Le grillage fixé dans le gosier de la baleine explique pourquoi les « baleines d'aujourd'hui » ne peuvent avaler que « des petits, tout petits poissons […] et ne mangent jamais d'hommes, de garçons, ni de petites filles ».

Le mythe de Jonas – À leur manière, les récits de Collodi et de Kipling participent d'un mythe fondateur que l'auteur de *Pawana* découvrit sans doute dès l'enfance : le mythe de Jonas, personnage biblique, qui témoigne de la fascination que les baleines ont toujours exercée sur les hommes. Jeté à la mer en sacrifice, par des marins, pour calmer la tempête qui menace de détruire leur bateau, Jonas est englouti par un énorme poisson qui le régurgite sur la terre ferme au bout de trois jours et trois nuits. Yahvé Dieu le charge alors d'une mission aux accents prophétiques : parcourir la grande ville de Ninive en annonçant à ses habitants la destruction prochaine de leur cité. Devant l'imminence du danger, ces derniers se mettent à croire en Dieu, commencent à jeûner et font vœu de pauvreté. Devant cette conversion inattendue, Yahvé renonce à l'extermination qu'il avait envisagée. Le séjour de Jonas dans le ventre de la baleine s'apparente à une mort initiatique qui précède de peu sa résurrection.

Épopées maritimes

Des études de lettres et une authentique passion pour les livres ont permis à J. M. G. Le Clézio de découvrir, par la suite, bien d'autres récits évoquant des baleines. Il est vraisemblable que l'écrivain ait lu les ouvrages que les géants de la littérature du XIXe siècle consacrèrent aux géants de la nature. De l'hydre des *Travailleurs de la mer* de Victor Hugo au calmar gigantesque de *Vingt mille lieues sous les mers* de Jules Verne, des *Baleiniers* d'Alexandre Dumas aux épopées maritimes que relatent *Les histoires de Jean-Marie Cabidoulin* de Jules Verne, la littérature compte d'innombrables récits de baleiniers. Le plus extraordinaire d'entre eux est assurément *Moby Dick,* chef-d'œuvre du romancier américain Herman Melville (1819-1891), paru en 1851. Cet ouvrage épique, écrit par un homme qui fut lui-même baleinier, narre le combat que se livreront, jusqu'à la mort, le capitaine Achab et la monstrueuse Baleine Blanche qui donne son nom au récit. Le roman d'Herman Melville s'ouvre sur deux textes particulièrement originaux : une étude étymologique* du terme « baleine », puis un florilège de citations poétiques, philosophiques ou farfelues, exclusivement consacrées aux baleines. Par cette entrée en matière, le romancier américain laisse entendre que ce géant des mers suscite une fascination universelle.

Jonas revenu à l'air libre tel que le Moyen Âge le représente sur une enluminure…

« ÉTYMOLOGIE
(D'après le pion tuberculeux d'une école de grammaire)

Ce pâle surveillant – dont l'habit, le cœur, le corps et le cerveau étaient usés jusqu'à la corde – je le vois encore : il époussetait sans arrêt ses vieux lexiques, ses vieilles grammaires, avec un mouchoir cocasse, agrémenté, comme par dérision, de tous les joyeux drapeaux de toutes les nations connues au monde. Il aimait à épousseter ses grammaires ; c'était en quelque sorte pour lui une agréable façon de se rappeler doucement ce qu'il serait lui-même après sa mort.

« Lorsque vous entreprenez d'enseigner les autres et de leur apprendre par quel nom l'on désigne, en notre langue, un

Ouvertures

... et voici une modernisation du mythe par Fred Aris en 1934. Dites ce qu'il y a de comique dans cette représentation.

whale-fish (baleine) en omettant, par ignorance, la lettre *h,* qui à elle seule compose presque toute la signification du mot, vous exprimez en cela une *contre-vérité.* »

HACKLUYT

« WHALE (baleine)... Du suédois et du danois *hval.* On a nommé cet animal d'après sa rondeur et ses roulements; car, en danois, *hvalt* signifie arqué ou voûté. »

Dictionnaire de Webster

« WHALE (baleine)... Plus directement du hollandais et de l'allemand *Wallen*; a. s. Walw-ian, se rouler, se vautrer. »

Dictionnaire de Richardson

ךך	Hébreu
ΚΗΤΟΣ	Grec
CETUS	Latin
WHŒL	Anglo-Saxon
HVALT	Danois
WAL	Hollandais
HVAL	Suédois
WHALE	Islandais
WHALE	Anglais
BALEINE	Français
BALLENA	Espagnol
PEKEE-NUEE-NUEE	Fegee
PEKEE-NUEE-NUEE	Erromangoan

EXTRAITS

(Fournis par un petit rat de bibliothèque)

« Et Dieu créa les grandes baleines. »

GENÈSE

« Léviathan passe et son sillage brille,
Les eaux profondes en sont toutes blanchies. »

JOB

« Or le Seigneur avait préparé un immense poisson pour avaler Jonas. »

JONAS

« Là où vont les vaisseaux, vous avez créé le Léviathan pour qu'il joue dans les eaux. »

PSAUMES

Ouvertures

« Et toute chose qui s'aventure près du chaos qu'est la gueule de ce monstre, fût-ce une bête, un vaisseau ou un roc, est instantanément engloutie dans l'immense et horrible gouffre, et périt dans l'abîme infini de sa panse. »

PLUTARQUE

« Le baleinier le *Globe*, navire à bord duquel eurent lieu les horribles événements que nous allons relater, avait son port d'attache dans l'île de Nantucket. »

Récit de la mutinerie du *Globe*
par deux survivants, Lay et Hussey
A.D. 1828

« Soyez donc gais, mes gars, ne perdez pas courage,
Tandis que le vaillant harponneur s'attaque à la baleine. »

Chanson de Nantucket 》

Herman Melville, *Moby Dick* (1851),
Gallimard, coll. « Folio », traduction de
Lucien Jacques, Joan Smith et Jean Giono.

à vous...

Orthographe et expression écrite
1 – Le récit intitulé *Oradi noir* (dont nous citons un chapitre p. 7-8) a été écrit par Jean-Marie Le Clézio à l'âge de sept ans.
a. Relevez et classez les éléments qui manifestent que ce texte est l'œuvre d'un enfant : thèmes abordés, fautes d'orthographe, maladresses d'expression, tournures de style, etc.
b. Récrivez ce texte dans un style qui vous est propre.

Vocabulaire

2 – Dans le texte intitulé « Étymologie » (p. 16-18), le romancier Herman Melville donne la traduction du mot « baleine » en diverses langues. Après avoir lu *Pawana*, vous compléterez cette liste en indiquant la traduction de ce mot en langue nattick indienne.

3 – En vous aidant d'un dictionnaire de langue, étudiez le champ sémantique* du mot « baleine ».
a. Quels sont les deux sens de ce mot ?
b. Quel rapport pouvez-vous établir entre ces deux significations ?
c. Rédigez, sur un mode humoristique, un petit texte dans lequel vous jouerez sur la double signification du mot « baleine ».

4 – Bien des expressions familières établissent des comparaisons entre hommes et animaux (« Être malin comme un singe » ; « Être heureux comme un poisson dans l'eau » ; « Être rusé comme un renard », etc.).
a. En vous aidant, au besoin, d'un dictionnaire de langue, retrouvez une comparaison* qui fait référence aux baleines.
b. Expliquez le sens de cette expression.

Recherches documentaires

5 – À deux reprises, les extraits proposés par Herman Melville (p. 18) évoquent une créature nommée Léviathan.
a. De quelle œuvre ces citations sont-elles extraites ?
b. Faites des recherches pour savoir précisément ce qu'était ce Léviathan.

Ouvertures

6 – Un des extraits d'Herman Melville fait allusion au port de Nantucket.
a. Où ce port se trouve-t-il ?
b. Quel personnage de *Pawana* est originaire de Nantucket ?

7 – Après vous être renseigné, dites si ces affirmations sont vraies ou fausses :
• Une baleine peut avaler un homme.
• Un homme peut vivre dans le ventre d'un cachalot.
• Une baleine peut vivre plusieurs siècles.

Histoire et culture au temps de Le Clézio

	Histoire	Culture	Vie et œuvre de Le Clézio
1939	Début de la Seconde Guerre mondiale.		Naissance de Jean-Marie Gustave Le Clézio à Nice.
1940	Occupation allemande.		
1941		Parution, aux Éditions Gallimard, de *Moby Dick* d'Herman Melville, préfacé par Jean Giono.	Enfance dans un village de l'arrière-pays niçois.
1945	Première bombe atomique sur Hiroshima. Victoire des Alliés et fin de la Seconde Guerre mondiale.		
1946	Débuts de la IVe République. Création de la Commission baleinière internationale.	Publication de *Paroles* de Jacques Prévert.	
1947			Départ pour le Nigeria.
1949			Retour en France. Scolarité à Nice.
1954	Début de la guerre d'Algérie.		
1956		Sorties au cinéma de *Moby Dick* de John Huston et du *Monde du silence* de Jacques-Yves Cousteau.	
1958	Début de la Ve République.		Séjour en Angleterre puis études de lettres à l'université de Nice.
1962	Accords d'Évian. Indépendance de l'Algérie.	Francisco Coloane publie *Le sillage de la baleine au Chili*.	
1963	Assassinat du président Kennedy aux États-Unis.		Publication du *Procès-verbal*, qui obtient le prix Renaudot.
1966			Service militaire en Thaïlande à titre de coopérant. *Le déluge*.
1967			*L'extase matérielle*.
1968	Émeutes en France au mois de mai. Printemps de Prague.		Poste d'enseignant à Albuquerque (Nouveau-Mexique).
1969	Démission du général de Gaulle. Élection de Georges Pompidou.	Neil Armstrong marche sur la Lune.	*Le livre des fuites*.
1971 et 1973	Création de l'association écologiste et pacifiste Greenpeace.		Séjours chez les Indiens Emberas du Panama. *Haï* (1971). *Mydriase* (1973).

Ouvertures

1978			*L'inconnu sur la terre. Mondo et autres histoires.*
1980			*Désert.*
1981	Élection de François Mitterrand à la présidence de la République.		
1982 -1984	Réglementation internationale de la pêche à la baleine.		*La ronde et autres faits divers* (1982).
1985			*Le chercheur d'or.*
			Voyage à Rodrigues.
1986	Greenpeace lance une vaste campagne de protection des baleines.		Écrit *Pawana* pour le théâtre.
1988	Réélection de François Mitterrand.	Publication de *La planète des baleines* de Jacques-Yves Cousteau et Yves Paccalet.	*Le rêve mexicain.*
		Luis Sepulveda publie *Le monde du bout du monde* au Chili.	*Printemps et autres saisons.*
1989	Chute du mur de Berlin.		*Onitsha.*
1991	Guerre du Golfe Persique.		Publication de **Pawana** et d'*Étoile errante.*
1992		Publication de *Baleine* de Paul Gadenne.	
		Publication de *Vie et mort des baleines* d'Yves Cohat.	*La quarantaine.*
1995	Élection de Jacques Chirac à la présidence de la République.		
1997			*La fête chantée.*
			Gens des nuages, avec Jémia Le Clézio.
2000			*Cœur brûlé et autres romances.*
2002		Mort de l'écrivain Francisco Coloane.	
2003			*Révolutions.*

Pawana

John, de Nantucket

C'était au commencement, tout à fait au commencement, quand il n'y avait personne sur la mer, rien d'autre que les oiseaux et la lumière du soleil, l'horizon sans fin. Depuis mon enfance j'ai rêvé d'aller là, dans cet endroit où tout commençait, où tout finissait.

Ils en parlaient, comme d'une cachette, comme d'un trésor. À Nantucket, ils en parlaient tous, comme on parle quand on est saoul. Ils disaient, là-bas, en Californie, dans l'Océan, il y a ce lieu secret où les baleines vont mettre bas leurs petits, où les vieilles femelles retournent pour mourir. Il y a ce réservoir, ce creux immense dans la mer, où elles se réunissent par milliers, toutes ensemble, les plus jeunes avec les plus vieilles, et les mâles forment tout autour une ligne de défense pour empêcher les orques et les requins de venir, et la mer bout sous les coups des nageoires, le ciel s'obscurcit dans la vapeur des évents, les cris des oiseaux font un bruit de forge.

C'est ce qu'ils disaient, ils racontaient tous cet endroit, comme s'ils l'avaient vu. Et moi, sur les quais de Nantucket, j'écoutais cela et je m'en souvenais moi aussi, comme si j'y avais été.

Et maintenant, tout a disparu. Je m'en souviens, et c'est comme si ma vie n'avait été que ce rêve, au cours duquel tout ce qui était beau et nouveau dans le monde s'était détruit. Je ne suis jamais revenu à Nantucket. Est-ce que le bruit de ce rêve existe encore ?

Les grands navires effilés, les hauts mâts où l'homme de vigie guettait la mer, les canots accrochés aux flancs des bateaux, prêts à fendre la mer, les épars[1], les harpons, les crocs[2], prêts à accomplir leur travail.

Et la mer couleur de sang, noire sous le ciel rempli d'oiseaux. Mon plus lointain souvenir, à Nantucket, c'était l'odeur du sang, dans la mer, dans le port encore gris de la fin de l'hiver, quand les baleiniers revenaient de l'autre bout du monde

---

1. Épars (ou éparts) : poutre servant à maintenir l'écartement entre deux pièces.
2. Crocs : crochets, grappins.

en halant[1] les géants morts. Puis, sur les quais, le dépeçage à la hache et à la scie, les ruisseaux de sang noir coulant dans les bassins du port, l'odeur âcre[2] et puissante, l'odeur des profondeurs.

C'est là que j'ai marché, quand j'avais huit ans, entre les carcasses qui pourrissaient. Les mouettes habitaient le corps des géants, elles jaillissaient en arrachant des morceaux de peau ou de graisse. La nuit, il y avait l'armée des rats, ils entraient dans les carcasses comme dans des montagnes creusées de galeries.

Mon oncle Samuel travaillait à la découpe. C'est lui qui m'a montré la première fois la tête des géants, l'immense mâchoire, l'œil si petit, enfoui dans des bourrelets de peau, l'œil sans regard, couvert d'une taie[3] bleue. Je respirais l'odeur effrayante du sang et des viscères, et j'imaginais ces corps vivants, bondissant au milieu des vagues, le tonnerre de l'eau contre leurs crânes, les coups prodigieux des ailerons et des queues. Mon oncle Samuel m'a appris à reconnaître la baleine franche du rorqual, le cachalot, la baleine à bosse. Il m'a raconté comment de loin, au souffle, l'homme de vigie pouvait les distinguer, la baleine franche avec son souffle double, le rorqual bleu avec son souffle

---

1. Halant : tirant.
2. Odeur âcre : odeur irritante, qui prend à la gorge.
3. Une taie : paupière gonflée d'huile qui recouvre l'œil des mammifères marins.

unique qui jaillit comme un arbre de vapeur. Tout cela, je l'ai appris sur les quais de Nantucket, avec les cris des oiseaux dépeceurs, le bruit sourd de haches qui frappaient les carcasses, l'odeur de la graisse en train de bouillir dans les bassines.

Sur les quais, j'ai vu pour la première fois un orque, immense et noir, et un requin dont on avait ouvert le ventre.

Maintenant, après tant d'années, ce sont ces souvenirs qui reviennent ici, à Punta Bunda, dans la baie d'Ensenada. J'entends la mer, je vois le reflet des roches polies par le vent, la plage si douce, le ciel, et c'est d'abord à la mer de Nantucket que je pense, cette mer grise et sauvage qui peut rendre les hommes si féroces. Peut-être que je suis né, moi aussi, comme un de ces oiseaux cruels qui volaient et criaient autour des géants morts, ces oiseaux de proie qui suivaient les chasseurs de Nantucket? Maintenant, tout s'est éteint, tout est fini. Le sillage s'est refermé. Le sang ne noircit plus la mer, les bassins du port sont vides, la grande lagune frissonne sous le vent comme si rien de tout cela n'avait jamais existé, et que les navires des chasseurs étaient morts en même temps que leurs proies.

Je me souviens, quand j'avais dix ans, avec les garçons de Nantucket, nous avons emprunté la barque du vieux John Nattick et nous avons navigué à travers la lagune, jusqu'au bout, jusqu'au village de Wauwinet, là où la bande de terre est si mince qu'on entend l'océan gronder sur les brisants, de l'autre côté. Nous avons abordé sur la plage et nous avons couru à travers les dunes jusqu'à ce que nous soyons face à la pleine mer. C'était la fin de l'après-midi, au mois de juin, je m'en souviens très bien, nous avons guetté l'horizon, pour voir revenir les navires des chasseurs. Le ciel était vide et la mer avançait avec ses vagues bordées d'écume qui couraient obliquement vers nous. Nous avons attendu longtemps, jusqu'au crépuscule, les yeux brûlés par le vent de la mer. Puis nous sommes rentrés à Nantucket, où nous attendaient les coups de fouet. Il me semble aujourd'hui qu'à peine un battement de cœur me sépare de cet instant, quand sur la plage j'essayais en vain d'apercevoir un navire, portant accroché à son flanc une proie, entouré de son nuage d'oiseaux.

Après, nous sommes allés souvent voir le vieux Nattick sur le port. Il nous parlait du temps où les Indiens étaient seuls sur l'île, et chassaient les baleines debout à la proue des canots, le harpon à la main. En ce temps-là, les baleines croisaient dans le canal entre Nantucket et le cap Cod, elles étaient si nombreuses qu'elles formaient comme une ombre noire sur la mer, avec les jets de vapeur qui jaillissaient au-dessus d'elles. Le vieux imitait pour nous le cri de l'homme de vigie, quand il apercevait le troupeau des baleines : « Awaité pawana!... » En ce temps-là, tous les marins chasseurs de baleines étaient des Indiens de Nantucket, tous parlaient le nattick. Puis les hommes étaient morts les uns après les autres, de maladies, d'ivrognerie, ou dans des rixes dans les tripots[1] de Bedford et de Boston. Ils étaient morts de froid dans la neige des caniveaux, morts en mer en poursuivant les géants pawana, ils étaient morts de tuberculose dans les asiles. Le vieux John Nattick était le seul qui se souvenait de tout cela. Quand il avait fini de parler, il restait immobile, assis le dos contre un mur, à regarder le balancement des mâts des bateaux inutiles. Il avait un visage sombre et ridé, ses yeux étaient deux fentes où ne brillait plus l'étincelle du regard. Il restait assis en silence, enveloppé dans sa couverture crasseuse, ses cheveux blancs coiffés en bandeaux sous son chapeau de Quaker[2]. Un jour il nous a montré comment il lançait le harpon. En tâtonnant il est monté jusqu'à la proue de sa barque, et il a brandi un long bâton, et les pêcheurs qui passaient se sont moqués de lui, parce qu'il était aveugle. Mais j'imaginais alors le corps du géant sondant vers les profondeurs, et le jet de sang qui rougissait la mer.

C'est ce sang que je vois, maintenant, sans cesse, ici, sur cette mer si bleue de la Ensenada. À Punta

---

1. Tripots : terme péjoratif désignant des maisons de jeu.
2. Quaker : membre d'une secte protestante prêchant la simplicité et le pacifisme.

Bunda, les cabanes des boucaniers sont encore debout. Elles sont faites d'un muret de pierres sèches, sur lequel s'appuyaient les branches et les palmes. Certaines sont consolidées avec les côtes géantes des baleines, et les longues lames blanches polies par le vent et la mer brillent au soleil. Le vent qui souffle entre les pierres et les lames d'os fait une musique étrange, qui siffle et geint tout bas, comme une plainte. C'était autrefois, c'était il y a si longtemps. Alors la mer était telle que l'homme l'avait trouvée quand il était venu dans le monde. Maintenant, c'est moi qui suis vieux, comme le vieux Nattick, au commencement d'un nouveau siècle. Maintenant le *Léonore* a disparu, il n'est plus qu'une carcasse brisée, échouée sur un banc de sable dans la baie de San Francisco. On a enlevé tout ce qui pouvait servir de son corps, ses mâts, ses planches de pont, les morceaux de cuivre des membrures, toute sa machinerie, et même ses garde-corps. Les pilleurs d'épave sont passés comme des oiseaux cruels, et ils n'ont laissé que les membrures à l'air, pareilles aux côtes des géants sur les plages de la Californie et du Mexique, non pas blanches, dures et belles, mais noires et pourries par la mer, incrustées de varech[1] et de vers.

C'est dans une ancienne cabane de boucaniers

---

1. Varech : nom donné aux algues qu'on récolte sur le rivage.

que j'ai élu domicile. Quand le vent souffle de la mer, la brume s'accroche aux rochers de la côte, et la plage disparaît peu à peu dans un nuage cotonneux. Alors, je ne vois plus que les ossements des baleines, je n'entends plus que le bruit du vent qui gémit. Partout, dans le sable, se dressent les grandes mâchoires, pareilles à des arcs, et les vertèbres, qui semblent des colonnes de pierre brisées par un cataclysme.

L'hiver, l'océan est lisse comme un métal. J'avais dix-huit ans quand j'ai embarqué sur le *Léonore,* commandé par le capitaine Charles Melville Scammon. Je me souviens de la route que nous avons suivie depuis San Francisco vers le sud, et du jour où nous sommes arrivés pour la première fois à Punta Bunda, dans la Californie mexicaine. Alors ce n'était pas le lieu désolé que j'ai retrouvé aujourd'hui, ce désert jonché d'ossements et de ruines. C'était une véritable ville de boucaniers avec tous ces navires à voiles mouillés dans la grande baie de la Ensenada, et les vols d'oiseaux qui tourbillonnaient autour d'eux, en attendant leur départ. Dans la baie régnait une activité semblable à celle que j'avais vue dans mon enfance, dans les ports de la côte est, Bedford, Nantucket. Les feux brûlaient pour chauffer l'huile, la poix, les tonneliers réparaient les barils, il y avait des ateliers de charpente, des forges, des hommes qui rapiéçaient les voiles, qui tressaient les câbles, les cordages. La chaloupe nous a déposés sur la plage, j'ai marché dans le sable, sous le soleil flamboyant. Partout, dans le village, on était assourdi par le bruit des boucaniers. Les marins venaient de toutes les parties du monde, on entendait parler des langues extraordinaires, le portugais, le russe, le chinois. Il y avait des hommes des îles Canaries, maigres et noirs, des Norvégiens aux cheveux presque blancs, aux sourcils et à la barbe décolorés par le sel. Il y avait des Canaques, venus de l'autre bout du Pacifique, le visage tatoué, portant des boucles d'oreilles en nacre, des Indiens patagon venus du sud de l'Amérique, immenses, taciturnes[1], des harponneurs de Hawaii, d'Alaska, des îles Açores. Tous attendaient à Punta Bunda l'arrivée des baleines grises et des rorquals venus du pôle pour mettre bas leurs petits dans les eaux tièdes du Mexique.

Je marche maintenant sur cette plage déserte, et je me souviens de ce que c'était. Il me semble que j'entends le bruit de la ville des boucaniers, les chaudronniers, les tonneliers, les voix des marins qui se hélaient[2] d'un navire à l'autre. Je me souviens d'Araceli.

La première fois que je l'ai vue, c'était au bord de la rivière, là où les prostituées avaient installé

---

1. Taciturnes : silencieux, réservés.
2. Se hélaient : s'interpellaient.

leur hutte de palmes. C'étaient les rires des filles que j'avais entendus, et j'avais marché jusque-là, jusqu'à cette grande cabane faite avec des roseaux et des palmes, en amont de la rivière. Maintenant, je cherche l'embouchure de cette rivière, en vain. Je marche dans la zone où marne la mer[1], mes pieds nus s'enfoncent dans la vase, les armées de crabes rapides détalent devant moi. Il n'y a pas d'autres empreintes que les miennes. Où était la cabane des filles? Je ne sais plus. Il y a si longtemps, le vent a soufflé sur toutes les traces humaines, n'a laissé que les ossements des géants morts.

La rivière aussi a changé. Maintenant, elle est mince et maigre, juste un filet d'eau qui sinue[2] dans le sable croupi. Comme si le vent et le soleil avaient asséché l'eau des collines. Mais je sais que le vent n'y est pour rien. La mort est venue des hommes. C'est elle peut-être qu'Araceli fuyait, à perdre haleine, quand elle a quitté Emilio. Les hommes ont brûlé les mezquites[3], les pins, les buissons épineux, les racines et jusqu'aux pitahayas[4], pour fondre la graisse des baleines et faire chauffer la poix. Tout ce qui était vivant ici s'est transformé en charbon.

Je marche sur la plage déserte, ébloui par la lumière, et il me semble que je vois encore les

---

1. Où marne la mer : où la mer monte au-dessus du niveau moyen.
2. Sinue : serpente.
3. Les mezquites : plantes, appartenant à la famille des légumineuses, que l'on rencontre dans les régions semi-arides du sud des États-Unis et du Mexique.
4. Pitahayas : variété de cactus, présente dans les mêmes régions.

flammes des brasiers, il me semble que je sens encore l'odeur de la fumée. Tout le long de la plage, les feux des boucaniers faisaient un grand nuage gris qui obscurcissait le ciel. L'odeur âcre, violente, l'huile chaude, la graisse brûlée, la poix. La vie est partie dans les fumées.

L'eau ne coule plus. Entre les rives étroites, l'ancienne rivière s'éclipse, forme des bassins où dansent les moustiques. Il y a des lézards, des orvets. Quand j'avance, les chevaliers s'envolent en poussant leurs cris aigus. Ce sont les derniers habitants de Punta Bunda.

C'est ici que j'ai vu Araceli, pour la première fois. Araceli vivait avec les autres filles, dans la cabane de roseaux, au bord de la rivière. Il y avait un grand rocher, et un bassin d'eau claire. Elles s'étaient installées là parce qu'on dit que les putes ont toujours besoin d'eau. C'est ce que disaient les boucaniers. Quand le *Léonore* est entré dans la baie, elles étaient déjà là. Personne ne savait comme elles étaient arrivées. Peut-être qu'elles venaient du sud, de Manzanillo, de Mazatlan. Ou bien elles étaient arrivées par la terre, en marchant à pied avec la caravane de mulets qui descendaient du nord, de San Diego, de Monterrey. Il y avait un homme avec elles, qui s'appelait Emilio. C'est lui qui s'occupait des mules, de la nourriture, de l'alcool. Il était grand, sombre, on disait qu'il était espagnol. C'est lui qui remettait l'ordre quand il y avait des bagarres. Les filles, elles, étaient toutes mexicaines, même celle qui se teignait les cheveux en roux. Quand j'ai vu Araceli, la première fois, je ne savais pas qu'elle était avec les filles. Elle était si jeune, mince, elle avait l'air d'une enfant. Elle était habillée de haillons, elle marchait pieds nus. Elle avait des cheveux noirs, des nattes épaisses, comme les Indiennes. Elle était une servante, une esclave.

Je l'ai vue la première fois ici, dans la rivière. C'était très tôt le matin, avant le lever du jour, elle était allée chercher du bois et de l'eau. J'aimais bien aller vers la rivière, à l'aube, il y avait des nuées d'oiseaux entre les roseaux, des chevaliers, des cormorans, des aigrettes, de petits oiseaux couleur d'argent qui s'enfuyaient en faisant un grand bruit d'ailes.

C'est là qu'Araceli venait. Je me cachais derrière les roseaux pour la regarder se baigner dans l'eau de la rivière. Elle était mince et souple comme une liane, et sa peau paraissait presque noire dans la pénombre de l'aube. Elle nageait dans les bassins, d'une curieuse façon, jetant un bras par-dessus sa tête et disparaissant entièrement sous l'eau, puis flottant, le visage au ras de la surface, le temps de reprendre sa respiration, et disparaissant encore. Elle pêchait des camarons, des poissons sans écailles. Je restais sans bouger, à regarder l'eau lisse, en attendant qu'elle refasse surface, guettant les remous qui montraient son mouvement. Puis elle sortait de l'eau, et la lumière du soleil apparu brillait sur son corps, sur ses épaules, sur son ventre, sur ses seins. Sa chevelure défaite, très noire, collait sur son dos et sur ses épaules. Elle s'asseyait dans le sable, après avoir déposé ses proies dans un seau, et elle essorait longtemps ses cheveux en balançant la tête. Je n'avais jamais vu une femme qui lui ressemblait.

Je l'ai cherchée, du côté de la hutte de roseaux, mais je n'osais pas m'approcher. Le soir, les boucaniers venaient boire et fumer. Les filles restaient enfermées dans la hutte. Quelquefois, je croyais l'apercevoir, à la lumière du feu, glissant dans la nuit, vêtue de sa robe grise, ses cheveux nattés. Les filles l'appelaient, criaient son nom pour qu'elle les serve, et c'est comme cela que j'ai su qu'elle s'appelait Araceli.

Les autres marins du *Léonore* parlaient des filles, mais jamais d'elle. Je restais caché dans l'ombre, je regardais la hutte, j'essayais d'apercevoir l'Indienne. J'aurais voulu faire comme les autres marins, entrer, m'enivrer, entendre les rires des filles. J'avais peur. Un marin mexicain, du nom de Valdés, m'a parlé d'elle, un jour. Il m'a parlé d'Emilio, l'Espagnol, qui avait acheté l'Indienne. Elle avait été capturée par l'armée, au Sonora, et

Emilio l'avait achetée pour qu'elle soit l'esclave des filles, qu'elle leur apporte l'eau, qu'elle lave leur linge. Elle était seri, elle ne parlait aucune autre langue. Et pourquoi reste-t-elle avec ces gens-là ? Pourquoi ne s'échappe-t-elle pas ? Elle avait voulu s'enfuir plusieurs fois, et chaque fois, Emilio était parti à sa poursuite. Il l'avait fouettée, elle avait failli mourir. Mais les Indiennes ne renoncent jamais à s'échapper. Elle haïssait Emilio, elle le tuerait si elle pouvait. Elle était sa maîtresse. C'est lui qui lui avait donné ce nom d'Araceli. Depuis que j'avais entendu cette histoire, j'allais tous les jours à la rivière, avant le lever du jour, pour la regarder se baigner. Je ne le savais pas, mais maintenant, je l'ai compris. Elle m'avait vu, elle s'était aperçue de ma présence. De temps en temps, tandis qu'elle peignait ses longs cheveux, elle tournait le visage vers moi comme si elle pouvait me voir à travers les roseaux, et son regard me faisait tressaillir.

Je marche sur la plage, là où courait autrefois la rivière. Maintenant, à l'endroit où Araceli se baignait, il n'y a plus de roseaux, ni d'oiseaux. Il n'y a qu'un grand marécage de sable noir, taché de sel. Les collines sèches où elle s'est enfuie sont toujours les mêmes. Il me semble que j'entends encore les cris des marins, le bruit des sabots du cheval d'Emilio. Au crépuscule, je reste assis sur la plage, devant la mer, comme si j'allais entendre encore leur retour. Ou bien, quelquefois, dans la brume qui s'accroche aux rochers de Punta Bunda, il me semble voir la silhouette incroyable d'un voilier, toutes voiles dehors, qui va vers la lagune, et les ombres lentes des baleines, entourées de leurs nuées d'oiseaux.

Arrêt sur lecture 1

Au fil des siècles, le mythe de Jonas, évoqué dans les Ouvertures (p. 14), a été l'objet de multiples interprétations, philosophiques ou spirituelles. Il en est une, plutôt fantaisiste, que nous pourrions forger au seuil de ce premier Arrêt sur lecture : Jonas, avalé par une baleine, serait considéré comme une figure symbolique du lecteur qui se laisse emporter, absorber, dévorer par le livre dans lequel il vient d'entrer. Comme ce personnage biblique, qui séjourne pendant trois jours et trois nuits dans le ventre de la baleine, le lecteur passionné entreprend un singulier voyage dans le ventre des mots. Au terme de l'aventure, le livre refermé dépose sur le rivage un être qui n'est plus tout à fait le même.

Les premières pages de *Pawana* ont pour fonction d'inciter le lecteur à accepter ce voyage vers l'inconnu. Lisons-les attentivement avant de saisir la portée de ce chapitre d'ouverture.

A. S. L. 1

Pour une lecture de l'incipit de *Pawana*

Étude des premières pages de *Pawana*, depuis «C'était au commencement, tout à fait au commencement… » (p. 27) jusqu'à «C'est là que j'ai marché, quand j'avais huit ans, entre les carcasses qui pourrissaient» (p. 29).

Introduction
Le début d'un roman joue un rôle essentiel car il permet au lecteur d'entrer dans l'univers de la fiction. On le nomme traditionnellement l'«incipit», terme provenant de la formule latine *incipit liber* : «ici commence le livre».

Comme tout début de roman, l'ouverture de *Pawana* a pour fonction d'informer le lecteur, d'éveiller sa curiosité, de susciter son intérêt.

<u>1 – Au seuil du récit</u>
Lorsque nous abordons la première page de *Pawana*, nous avons déjà franchi un certain nombre d'étapes qui ont agi sur nos perceptions et nous ont préparés au voyage de la fiction. Le titre de l'ouvrage et l'indication qui précède le chapitre d'ouverture sont autant de seuils permettant d'entrer dans l'univers du livre.

a) Le titre :
Par sa consonance étrangère et l'absence de déterminant, le titre du récit (*Pawana*) fonctionne un peu comme le nom d'une personne inconnue : suscitant intérêt et curiosité, il donne au lecteur l'envie d'en savoir davantage et d'élucider le mystère de sa présence. Une première lecture du roman lui apprendra que *pawana* signifie baleine en langue nattick indienne.

b) La phrase en exergue :
Les noms mis en exergue sur la première page du récit, et qui

forment le titre du chapitre (<u>John</u>, de <u>Nantucket</u>, p. 27), identifient l'un des protagonistes de l'action et le lieu dont il est vraisemblablement originaire. La virgule qui sépare le prénom John de la préposition qui le suit (de Nantucket) est à cet égard essentielle : elle laisse entendre que le « de » n'est pas une particule nobiliaire servant à introduire un nom patronymique (comme Jean <u>de</u> La Fontaine ou Honoré <u>de</u> Balzac), mais une simple préposition précédant une indication de lieu. Désigné par son seul prénom, ce personnage acquiert d'emblée un statut particulier : avant même de lire la première page du récit, le lecteur sait que John sera un personnage essentiel de l'histoire.

2 – Une première page de roman

L'ouverture de *Pawana* joue un rôle comparable à toutes les premières pages de romans, apportant une réponse aux questions que se pose le lecteur au seuil du récit. Par qui l'histoire est-elle racontée et qui en sont les protagonistes ? Où et quand les faits relatés se déroulent-ils ? De quoi l'histoire parle-t-elle ?

a) Le narrateur et les personnages :
La première page du roman de Le Clézio ne permet pas de définir, avec exactitude, l'identité du narrateur. Les indices qu'elle recèle incitent néanmoins le lecteur à émettre des hypothèses qui seront validées au fil du récit.

Un lecteur attentif remarquera d'abord que l'histoire est relatée à la première personne par un narrateur qui fait partie intégrante de la fiction (« Et <u>moi</u>, sur les quais de Nantucket, <u>j'</u>écoutais cela et <u>je m'en</u> souvenais <u>moi</u> aussi, comme si <u>j'</u>y avais été », p. 28). En faisant référence au port de Nantucket, où il vivait jadis, ce narrateur laisse supposer qu'il est lui-même « John, de Nantucket ».

Cette page d'ouverture ne présente pas de façon détaillée les autres personnages de la fiction. Rassemblés dans le pronom personnel sujet « Ils » (« Ils en parlaient... », p. 27 ; « C'est ce qu'ils disaient, ils racontaient tous cet endroit... », p. 28), ils constituent le groupe anonyme et indifférencié des autres. Les pages qui suivront cet incipit feront émerger les individualités les plus marquantes.

b) L'ancrage dans l'espace :
Les indications spatiales que comporte cette première page permettent d'identifier, avec une relative précision, les lieux de l'action. Nous apprenons, en effet, dès les premières lignes du texte, que les faits relatés se déroulent dans deux lieux distincts : à Nantucket, ville côtière dont le narrateur évoque « les quais » (p. 28), puis au large de la Californie, dans « ce lieu secret où les baleines vont mettre bas leurs petits » (p. 27). Divers éléments du récit nous invitent à comprendre que le narrateur a quitté Nantucket lorsqu'il était jeune et qu'il n'y est jamais revenu (« Je ne suis jamais revenu à Nantucket », p. 28).

c) L'ancrage dans le temps :
Pawana ne débute pas, comme certains romans, par une date ou des indications temporelles clairement définies, mais divers éléments contribuent à ancrer la fiction dans le temps. On remarquera d'abord que le narrateur oppose le présent de l'écriture – suggéré par l'adverbe de temps « maintenant » (« Et maintenant, tout a disparu », p. 28) – à la lointaine époque de son enfance. L'allusion à l'oncle Samuel (p. 29), l'évocation de son existence à l'âge de huit ans (« c'est là que j'ai marché, quand j'avais huit ans... », p. 29) et l'emploi des temps du passé (« ils en parlaient » ; « j'ai marché » ; « Mon oncle Samuel travaillait ») nous entraînent dans une époque révolue. Le premier paragraphe du récit laisse également supposer au lecteur

qu'il sera question d'une époque antérieure à l'enfance du narrateur : celle du «commencement, quand il n'y avait personne sur la mer, rien d'autre que les oiseaux et la lumière du soleil, l'horizon sans fin». Par l'emploi réitéré du terme «commencement» («C'était au <u>commencement</u>, tout à fait au <u>commencement</u>...»), le paragraphe d'ouverture se charge de connotations* bibliques, évoquant la splendeur native du monde.

d) Les grands thèmes :

Comme l'ouverture d'une symphonie, cet incipit introduit enfin les thèmes qui seront repris, sur un mode majeur, dans l'ensemble du roman. Le thème principal de *Pawana* est celui des baleines, que le narrateur évoque avec une émotion à peine contenue dès les premiers paragraphes du récit («il y a ce lieu secret où les baleines vont mettre bas leurs petits, où les vieilles femelles retournent pour mourir.», p. 27). Une observation des champs lexicaux * et des antithèses * que comporte le passage permet au lecteur de saisir la manière dont se décline cette thématique : l'évocation des grands mammifères marins est placée sous le double signe de la vie et de la mort, de la beauté et de la destruction, de la douceur et de la douleur de vivre. L'enfant de huit ans que présente ce début de roman semble ainsi vivre entre le rêve d'un monde pur et la sordide réalité de l'industrie baleinière.

Conclusion

La première page de *Pawana* ne plonge pas le lecteur au cœur d'une action déjà entamée, comme le feraient bien des romans d'aventures. L'évocation du «commencement», le jeu des répétitions, l'image onirique du «lieu secret» où se rassemblent les baleines font entrer le lecteur dans l'univers poétique du conte.

Le retour à la réalité, que représente le massacre des baleines, n'en sera que plus dur.

L'épaisseur du temps

La lecture analytique que nous venons d'effectuer vous a permis de constater que ce court roman de J. M. G. Le Clézio ne posait guère de problèmes de compréhension au lecteur. La seule difficulté que comporte ce chapitre d'ouverture est liée à la superposition de trois strates temporelles nettement distinctes. Les explications suivantes vous aideront à les identifier.

Entre présent et passé
La découverte de ces strates temporelles implique d'abord que vous distinguiez, sans la moindre confusion, le moment de l'énonciation * et le moment de l'énoncé. Ainsi qu'en témoigne le schéma suivant, la première de ces époques est celle où le narrateur adulte prend la parole pour conter une histoire qu'il a jadis vécue. La seconde, qui est celle des faits relatés, nous entraîne dans une époque plus lointaine : celle de l'enfance du narrateur.

Moment de l'énoncé	Moment de l'énonciation
Enfance du narrateur	Narrateur adulte

Le moment de l'énonciation
Plusieurs indices, disséminés dans le récit, font référence au moment de l'énonciation. C'est le cas de l'adverbe de temps

«maintenant», maintes fois utilisé dans le chapitre d'ouverture, et du présent d'actualité qui introduisent les passages dans lesquels le narrateur évoque son propre présent. Nous apprenons ainsi, au fil du texte, que ce narrateur est un vieil homme, installé «dans une ancienne cabane de boucaniers» sur la côte ouest des États-Unis, «au commencement d'un nouveau siècle»:

> Maintenant, après tant d'années, ce sont ces souvenirs qui reviennent ici, à Punta Bunda dans la baie d'Ensenada (p. 30).

> Maintenant, c'est moi qui suis vieux, comme le vieux Nattick, au commencement d'un nouveau siècle (p. 33).

Les indications temporelles que comporte le second chapitre (p. 55 à 67) permettront au lecteur de situer, rétrospectivement, l'époque de l'énonciation dans les premières années du XXe siècle.

Le moment de l'énoncé

En recourant aux temps du passé et à des indications temporelles comme «En ce temps-là», le narrateur nous invite à remonter le temps pour découvrir la lointaine époque de son enfance.

À ce changement de perspective temporelle correspond un changement de lieu puisque le jeune John vivait alors sur l'île de Nantucket, sur la côte est des États-Unis.

> Je me souviens, quand j'avais dix ans, avec les garçons de Nantucket, nous avons emprunté la barque du vieux John Nattick... (p. 30).

Le chapitre d'ouverture de *Pawana* suit, de manière parfois imagée, la chronologie des événements vécus dans l'enfance. Les premières pages du récit associent, de façon symbolique, la petite enfance du narrateur au «lieu secret où les baleines viennent mettre bas leurs petits». Le récit de vie que propose

Pawana est ensuite ponctué de repères précis. Le narrateur évoque successivement les lieux où il déambulait quand il avait huit ans (p. 29) ; la petite aventure maritime vécue à l'âge de dix ans avec «les garçons de Nantucket» (p. 30); son embarquement sur le *Léonore,* «commandé par le capitaine Charles Melville Scammon», à l'âge de dix-huit ans (p. 34) ; sa première rencontre avec Araceli, la jeune Indienne soumise à l'esclavage (p. 35).

D'une étape à l'autre, un cheminement se met en place, un itinéraire se dessine : *Pawana* est l'autobiographie fictive d'un homme dont le destin est intimement lié au monde des baleines.

La nostalgie d'un âge d'or

Le narrateur vieillissant, qui s'est installé dans la baie d'Ensenada, non loin du lieu où se rassemblaient les baleines, ne se contente pas de faire revivre, par le récit, la lointaine époque de son enfance. Fasciné par le commencement et la jeunesse du monde, il se tourne plusieurs fois vers un passé mythique que lui-même n'a pas connu.

Cette attirance pour une époque antérieure à l'arrivée des hommes est perceptible dès les premières lignes du récit :

> C'était au commencement, tout à fait au commencement, quand il n'y avait personne sur la mer, rien d'autre que les oiseaux et la lumière du soleil, l'horizon sans fin (p. 27).

Dans les pages qui suivent, le narrateur laisse entendre, à maintes reprises, qu'il regrette l'époque où les baleines «étaient si nombreuses qu'elles formaient une ombre noire sur la mer» (p. 31). Les récits du vieux John Nattick, unique survivant d'une communauté indienne disparue, témoignent de cet âge d'or malheureusement révolu.

La présence de l'Indien aveugle, que les enfants admirent mais dont se moquent les pêcheurs (p. 32), n'est évidemment pas fortuite. En accordant une place prépondérante à ce témoin d'un autre temps, Le Clézio établit un parallèle implicite entre l'odieux massacre des « géants pawana » et le sort fait aux Indiens de Nantucket, qui furent décimés par les maladies, la violence et l'alcool.

Voyages, voyages...

L'appel du large

Comme bien des romans de Le Clézio, *Pawana* accorde une place prépondérante au thème du voyage maritime. L'appel du grand large, que les œuvres de ce romancier ne cessent d'exalter, est perceptible dès les premières pages du récit. Dès ses plus jeunes années, John nourrit le rêve de suivre les routes océanes qui le conduiront vers ce « creux immense » de la mer où se retrouvent les baleines (p. 27). Ses premières escapades, à l'âge de dix ans, l'entraînent en barque jusqu'au village de Wauwinet, « là où la bande de terre est si mince qu'on entend l'océan gronder sur les brisants » (p. 31). Puis vient le temps de prendre le large, sur un baleinier qui s'éloigne des « ports de la côte est », pour atteindre, dans l'océan Pacifique, les rivages poissonneux de la « Californie mexicaine ».

Par son caractère initiatique, l'itinéraire de John rappelle, à sa manière, celui d'autres héros de la littérature, engagés dès leur plus jeune âge dans de longues et dangereuses chasses à la baleine : **Pedro Nauto**, personnage d'un roman de Francisco Coloane (1910-2002), qui quitte l'archipel de Chiloé, au sud du Chili pour gagner les eaux glacées de l'Antarctique, à bord d'un baleinier baptisé *Leviatan*; **Ishmaël**, l'un des personnages de

Une île qui doit sa prospérité à la chasse à la baleine : telle est Nantucket dont vous pouvez voir les moulins, la jetée et le trafic dense des bateaux.

Moby Dick d'Herman Melville, parti de Manhattan, un balluchon sous le bras, pour Nantucket, le port que tous les jeunes matelots du monde rêvent de connaître.

Nantucket...

La ville où le narrateur de *Pawana* a passé son enfance n'est donc pas une invention de Le Clézio. Cette île, située en Nouvelle-Angleterre, au large de la côte est des États-Unis, devint à partir du XVIIIe siècle l'un des plus grands ports de chasse à la baleine du monde. Bien des récits de navigateurs et des romans d'aventures maritimes évoquent cette langue de terre, initialement sans ressources, devenue l'un des centres de l'industrie baleinière. C'est le cas de *Moby Dick* (en particulier du chapitre XIV, qui est exclusivement consacré à Nantucket) ou de ce texte conçu par le conteur contemporain Alain Le Goff pour un spectacle intitulé *Baleines, baleines* :

« NANTUCKET

Nantucket était le plus grand port baleinier de toute la côte est des États-Unis, autrement dit du monde entier. Sur les quais on trouvait des matelots qui venaient de toutes les mers du globe : des Norvégiens, des Anglais, des Bretons, des Basques, des Portugais, des hommes des îles des Açores, des Africains de la côte ouest, des Malais et des Chinois, des Kanaks des îles du Pacifique, des paysans du Vermont et des Irlandais de New York. On y parlait toutes les langues, on y adorait tous les dieux, on y redoutait tous les démons. Nantucket était une Babel où l'huile de baleine coulait à flots. On naissait, on se mariait, on mourait, on dormait, on rêvait dans l'odeur de la baleine. Les armateurs avaient des chaînes en or sur le ventre et les capitaines étaient des hommes riches et respectés.

Le plus connu d'entre eux était sans conteste James Bartley, le capitaine du *Seven Seas*, les « sept mers » qu'il faut toujours traverser pour revenir jusqu'au port, pour revenir jusqu'à soi. Tout le monde le connaissait parce que James Bartley était blanc. Vous me direz que ce n'est pas une raison suffisante. Des Blancs, il y en a beaucoup, oui, c'est sûr, mais lui, il était blanc, de la blancheur même, celle de la neige, celle du lait, celle de la mort. Tout le monde à Valparaiso, San Francisco ou Nantucket, connaissait son histoire, elle était à la fois simple et terrible.

Au cours d'une chasse, le cachalot, au moment où il se dresse gueule ouverte vers le soleil pour mourir, avait en retombant, brisé la baleinière, et tous s'étaient retrouvés à la mer. « Méfie-toi, dit pourtant le proverbe, de la queue de la baleine et de la gueule du cachalot. » James Bartley, lui, avait été pris dans le tourbillon et, comme Jonas, il avait disparu dans la gueule béante, sous les yeux horrifiés de ses compagnons. Quand le cachalot avait été amarré le long du *Seven Seas*, la queue vers l'avant comme on le faisait toujours, avant de le dépecer, on avait voulu pour réciter la prière des trépassés, sortir Bartley de son cercueil de chair. On avait creusé dans le dos du cachalot et, quand on l'avait tiré de là, on n'avait pas eu besoin de prières, Bartley n'était pas mort, il était simplement devenu tout blanc : les sucs digestifs de l'animal avaient déjà commencé à faire leur travail.

C'était le mort dévorant le vivant qui l'avait tué ! »

Alain Le Goff, *Baleines, baleines*,
éditions Théâtres en Bretagne, 1999.

à vous...

Repérages géographiques
1 – Ce chapitre comporte plusieurs indications géographiques.
a. Relevez-les, puis situez-les sur une carte du continent nord-américain que vous dessinerez à l'aide d'un atlas ou d'une encyclopédie électronique.
b. Indiquez, aussi précisément que possible, les lieux où le narrateur du récit dit avoir vécu.

Vocabulaire
2 – Le premier chapitre de *Pawana* (p. 27 à 41) fait clairement référence au monde des baleines.
a. Quelle caractéristique de l'animal désigne-t-on par le terme « évent » ?

b. Que nous apprend-il sur la vie de ce mammifère marin ?

3 – Dites quelles sont les différentes espèces de baleines évoquées dans ce chapitre.

4 – D'autres espèces animales sont citées par le narrateur du récit.
a. Relevez les noms d'un poisson carnivore de grande taille et d'un mammifère marin appartenant à la famille des dauphins.
b. Relevez une phrase du texte indiquant au lecteur le nom d'un poisson rare et l'une de ses caractéristiques.

5 – « À Punta Bunda, les cabanes des <u>boucaniers</u> sont encore debout » (p. 32-33).
a. En vous aidant d'un dictionnaire, dites ce que désigne le terme souligné.
b. Quelle est l'origine exacte de ce mot ?

Lectures complémentaires

6 – Quels points communs percevez-vous entre *Pawana* de J.M.G. Le Clézio et le texte d'Alain Le Goff présenté ci-dessus ? Relevez des éléments qui justifient votre réponse.

7 – Lisez le chapitre de *Moby Dick* d'Herman Melville qui est consacré au port de Nantucket. Vous connaîtrez ainsi la « merveilleuse légende » qui explique pourquoi les « Peaux-Rouges » se sont installés dans l'île (*Moby Dick*, Gallimard, coll. « Folio », p. 114 à 116).

Charles Melville Scammon

Moi, Charles Melville Scammon, en cette année de 1911, approchant de mon terme, je me souviens de ce premier janvier de l'année 1856 quand le *Léonore* a quitté Punta Bunda, en route vers le sud. Je n'ai voulu donner aucune explication à l'équipage, mais Thomas, mon quartier-maître, avait surpris une conversation avec le second capitaine, M. Roys, dans la salle des cartes. Nous parlions de ce passage secret, du refuge des baleines grises, là où les femelles venaient mettre au monde les petits. M. Roys ne croyait guère à l'existence d'un tel refuge qui, selon ce qu'il disait, ne pouvait être né que dans l'imagination de ceux qui croyaient aux cimetières des éléphants ou au pays des Amazones.

Pourtant, le bruit s'est répandu et une sorte de

fièvre s'est emparée de tout l'équipage. C'était bien cela qu'on allait chercher au sud, ce refuge secret, cette cachette fabuleuse, où toutes les baleines du pôle étaient réunies. Depuis plusieurs jours, le *Léonore* suivait la côte de la Californie mexicaine, si près qu'on voyait blanchir la mer sur les écueils. Il n'y avait plus de baleines dans ces parages, et déjà les hommes de l'équipage disaient qu'on n'aurait pas dû abandonner les eaux de la Ensenada, qu'on risquait de perdre l'année de chasse. Parfois, l'homme de vigie signalait un poisson-diable en vue, mais le *Léonore* continuait sa route vers le sud, sans se dévier.

À l'aube, le dimanche, le vent d'est est tombé. J'étais sur le pont, parce qu'il faisait trop chaud dans les cales. J'étais fatigué, je n'avais pas dormi cette nuit-là. L'océan était calme, les voiles flottaient dans une brise presque imperceptible.

Penché sur le garde-corps, je scrutais la ligne de la côte au moyen d'une petite lunette d'approche. Les mousses étaient déjà au travail, lavant le pont à grande eau, frottant avec la brosse et le savon noir. L'un d'eux, un enfant encore, regardait la mer. Je ne m'occupais pas de lui. J'étais perdu dans une rêverie, ou plutôt, pris par cette idée qui me distrayait complètement du reste.

La côte était encore sombre, irréelle contre la clarté du ciel.

La mer était lourde, opaque. Même la bande de mouettes qui suivaient le *Léonore* depuis notre départ de Punta Bunda semblait s'être dispersée. Le navire avançait avec peine, dans le bruit de ses machines, sur cette mer épaisse et lente. Sans cesse je scrutais la côte, suivant les contours du rivage. Mais je ne voyais qu'une bande sombre, et la ligne déchiquetée des montagnes du désert de Vizcaino. Quand le soleil apparut, le relief devint plus minéral, la nudité des montagnes encore plus hostile.

L'enfant regardait la mer, à côté de moi.

– Comment t'appelles-tu?

Il dit son prénom. Pour les simples matelots, le nom de famille n'avait pas d'importance. Seulement le prénom, et le lieu d'origine.

– John, de Nantucket.

– Tu es de l'île de Nantucket?

Je le regardai avec plus d'attention. Puis je regardai à nouveau la côte. «Les cartes n'indiquent rien. Mais je sais que le passage ne doit plus être loin. Le passage doit être par là.» Il montra le massif montagneux, au sud-est. Le soleil illuminait déjà les sommets, faisait briller les arêtes d'un blanc de givre. L'enfant regardait avec émerveillement. «Ce sont des mines de sel», expliquai-je, comme s'il avait posé une question.

– C'est le Vizcaino. Nous sommes trop loin pour voir quelque chose. Ainsi, tu es de l'île?

– Oui, monsieur.

– C'est bien loin d'ici. Est-ce ton premier engagement ?

– Oui, monsieur. J'ai signé un contrat avec la Compagnie Nantucket.

– Comment es-tu venu ici ?

– J'ai appris que la Compagnie engageait pour le Pacifique.

L'enfant paraissait réfléchir. Je ne sais pourquoi, je dis : « Moi, je suis venu pour chercher de l'or. Je n'en ai pas trouvé, alors j'ai affrété[1] ce navire pour la chasse. Sais-tu que si nous trouvons le refuge des grises, nous deviendrons immensément riches ? »

Le regard de l'enfant brillait étrangement. Mais je me trompai sur ce qu'il exprimait. « Immensément riche. Si tu aperçois une ouverture, un chenal, dis-le-moi tout de suite. Il y a une récompense pour celui qui verra en premier le passage. »

Je retournai sur la dunette pour observer la côte. Maintenant, tout l'équipage était sur le pont. Tous savaient pourquoi nous avions quitté Punta Bunda, pourquoi nous allions vers le sud, le long de cette côte désertique. Nous allions être les premiers à découvrir l'ancien secret des poissons-diables, l'endroit où les femelles se réunissaient pour mettre au

---

1. J'ai affrété : j'ai équipé (un navire).

monde leurs petits. Nous allions revenir immensément riches, ce serait peut-être la dernière campagne. Pourtant, personne n'en parlait. C'était comme un mystère qu'il ne fallait pas dire, sous peine d'entraver la marche vers la fortune.

Le 9 janvier, au large de la montagne du Vizcaino.

Vers le soir, le *Léonore* approcha de la côte. Peu à peu, apparaissait une large échancrure, dont l'entrée était gardée par une île. Nous l'avions dépassée dans l'après-midi, poussés par un fort vent arrière, quand l'homme de vigie a signalé la présence de baleines. En effet, du haut de la dunette, j'ai pu distinguer une congrégation de ces animaux, droit devant nous, du côté de l'île des Cèdres. À cette distance, avec le soleil approchant de l'horizon, il était impossible de distinguer s'il s'agissait de rorquals, ou de baleines grises. Le *Léonore* a fait route vers le troupeau, et bientôt j'ai pu apercevoir avec netteté le jet unique en forme d'éventail, caractéristique des grises. Le troupeau était composé d'une vingtaine d'individus, dont quelques mâles de grande taille (plus de soixante pieds). Au fur et à mesure que le Léonore s'approchait, les baleines donnaient des signes d'inquiétude. Quand nous fûmes suffisamment près pour armer le canon, le troupeau se sépara en deux groupes qui passèrent à bâbord et à tribord, et s'enfuit vers le rivage.

La déception de l'équipage était grande. On

n'entendait qu'imprécations[1]. Cela faisait plus d'une semaine que le *Léonore* avait quitté les parages de Punta Bunda, et c'était le premier troupeau de baleines qu'on croisait. De plus, il n'y avait ici aucun autre chasseur avec qui partager les prises. Mon idée première était de continuer vers le sud, afin de profiter du vent qui s'était levé. Mais M. Roys me fit observer que la navigation aux abords du détroit qui sépare la Californie de l'île des Cèdres était incertaine, les cartes de l'Amirauté, dont certaines avaient été relevées au début du siècle, étaient imprécises. S'aventurer à la nuit tombante était dangereux. Pour toutes ces raisons, et tenant compte de l'impatience qui grandissait dans l'équipage, je décidai de virer et de retourner en arrière, pour abriter le navire au fond de la baie.

C'est alors que j'aperçus à la lunette l'échancrure, cachée par le banc de sable. La baie s'élargissait, la côte était si basse qu'elle semblait disparaître dans la mer. À la lumière diffuse du crépuscule, le *Léonore* naviguait au plus près, sa voilure inclinée dans le vent, réverbérant les rayons du soleil. La mer, au fond de la baie, était calme et lisse comme un miroir, et la sonde indiquait la présence des hauts-fonds. Devant l'étrave, les dauphins filaient,

---

1. Imprécations : malédictions, anathèmes.

et à quelques encablures, on apercevait les masses sombres des baleines.

Elles faisaient surface brusquement, si près qu'on entendait le bruit de forge de leur souffle, et que ceux qui connaissaient la chasse percevaient déjà l'odeur âcre de leur haleine.

La nuit commençait à tomber. Le soleil disparaissait à l'horizon, mangé par la brume. Je fis sonder encore, et ayant rencontré des fonds de trente-cinq pieds, je donnai l'ordre de mouiller là où on était, dans la baie, juste à l'entrée de la lagune. Les voiles amenées, je demandai qu'on mît une chaloupe à la mer, pour reconnaître le passage vers la lagune. La prudence recommandait d'attendre, mais au moment de toucher au but, notre impatience à tous était telle qu'on ne pouvait passer la nuit sans savoir. Je laissai M. Roys en charge du *Léonore*, et avec une dizaine de matelots, nous nous dirigeâmes vers la côte.

Il y avait quelque chose d'inquiétant, et même de sinistre, dans cette baie au crépuscule. La solitude de la côte, l'âpreté des montagnes couleur de cuivre, la blancheur des salines, et l'eau sombre à l'entrée de la lagune, avec cette sorte d'île, ou de banc de sable gris, tout cela ressemblait au passage vers un monde fantastique. Les légendes nous revenaient à l'esprit, celles des poissons-diables attaquant les chaloupes, les broyant de leurs corps gigantesques, fouettant l'eau de leurs queues jusqu'à ce qu'il ne reste plus un seul homme vivant. La nuit nous a surpris à l'entrée de la lagune et nous avons tiré la chaloupe sur la plage. Nous avons fait un campement de fortune, en attendant la première marée de l'aube, pour continuer l'exploration.

Je ne pourrai jamais oublier cette nuit-là. Nous avons dormi sur la grève, sans savoir où nous étions, sans même distinguer les feux du *Léonore*. Les hommes se sont étendus dans le sable, sans couvertures, car l'air était doux, sans un souffle de vent. J'essayais de dormir, mais j'entendais le bruit de leurs voix. Ils se parlaient à voix basse, sans se voir, avec seulement la lueur des étoiles qui éclairait vaguement le sable de la grève, écoutant les vagues qui venaient mourir sur la plage. Parfois, nous entendions des bruits étranges dans le chenal, le froissement de l'eau sur le corps des poissons géants, et je sentais l'odeur caractéristique de leur souffle. Les harponneurs se redressaient, cherchaient à apercevoir, suivaient le bruit du souffle le long de la côte.

Plus tard, la lune s'est levée, la mer est apparue, et l'eau de la lagune, lisse, sans une ride, et vide de baleines. Alors je me suis endormi, enveloppé dans mon manteau, la tête appuyée contre mon bras. Le vent soufflait, la lune montait lentement au-dessus de la lagune. Je rêvais de ce que je n'avais pas vu encore, du secret que j'étais sur le point de découvrir.

Avant l'aube, nous nous sommes tous réveillés ensemble. Peut-être que l'Indien avait poussé son cri dans sa langue, le « Awaité pawana ! » que nous attendions tous. Il était debout sur la plage, à côté de la chaloupe, appuyé sur son harpon, et il regardait vers la lagune. L'eau grise nous est apparue, couverte de marques noires qui glissaient lentement. Je ne pouvais en croire mes yeux, et je crois que personne ne pouvait être sûr de ne pas rêver. Je voyais ce que j'avais cherché si longtemps, ce que racontaient autrefois les marins de Nantucket, quand la mer de l'hiver se couvrait de rorquals et de baleines franches, si nombreux qu'on aurait dit un troupeau dans la plaine.

Le long du chenal, les corps des poissons-diables glissaient lentement, l'écume ourlait les dos noirs, on entendait distinctement les coups de queue qui frappaient l'eau, et les jets des évents qui fusaient de tous côtés, avec un bruit rauque qui résonnait dans le silence de la baie. Les uns après les autres, les hommes s'approchaient du rivage, regardaient. Bientôt les cris jaillirent, des cris sauvages et féroces, et j'ordonnai de mettre la chaloupe à la mer. L'onde de la marée poussait les baleines vers le haut du chenal, d'où elles pénétraient dans les eaux saumâtres[1] de la lagune. Elles étaient si nombreuses qu'elles se heurtaient par endroits.

1. Saumâtre : qui est mélangé d'eau de mer, qui a un goût salé.

Lentement, à la rame, la chaloupe suivait la route des baleines, le plus près des hauts-fonds afin d'éviter d'être broyée par les géants. La mer recouvrait presque entièrement l'île de sable où nous avions dormi. Déjà des milliers d'oiseaux obscurcissaient le ciel, suivant le même mouvement, comme s'ils savaient ce qui allait se passer.

Le 10 janvier, vers six heures du matin, nous entrâmes dans les eaux de la lagune. Elle était bien telle que je l'avais rêvée, immense, pâle, rejoignant le ciel par les lignes fuyantes des bancs de sable et des presqu'îles. Tout à fait au fond, comme surgies de la mer, les montagnes de quartz rouge étincelaient déjà au soleil, d'une incroyable dureté. Mais c'était l'eau qui donnait le vertige, cette eau calme et miroitante, où se pressaient les immenses corps noirs, par centaines, par milliers peut-être. À l'avant de la chaloupe, à côté du harponneur indien, je regardais cela, sans rien dire, et il me semblait que j'étais entré tout à coup, par effraction, dans un monde perdu, séparé du nôtre par d'innombrables siècles. Les baleines glissaient tranquillement dans la lagune, le long des canaux entre les bancs. Il y avait des femelles qui avaient déjà mis bas, et qui soutenaient leurs petits à la surface pour qu'ils puissent prendre leur première respiration. D'autres, énormes, attendaient, basculées sur le flanc, que le moment d'accoucher arrive. À l'écart, les mâles étaient réunis, comme pour faire le guet, leurs corps immenses réunis formant une seule muraille sombre.

Je ne sais comment nous nous arrachâmes à cette contemplation. Soudain, sur mon ordre, la chasse silencieuse commença. La chaloupe se dirigea vers le troupeau, le harponneur indien debout à la proue, tenant son canon chargé. Derrière lui, le mousse apprêtait le filin, les flotteurs. La chaloupe fendait l'eau lisse de la lagune, presque sans bruit, sans sillage. Malgré la lumière du jour, on ne voyait pas encore les fonds. L'eau avait une couleur laiteuse et trouble, qui se confondait avec le ciel. Nous étions tous sur nos gardes dans l'attente de ce qui allait venir.

Une ombre est passée à quelques brasses, à tribord, un long nuage noir qui glissait au ras de la surface, et d'un seul coup émergea, devint une montagne dressée dans l'air, dans une nuée de gouttes, et retomba dans l'eau avec un fracas qui nous pétrifia tous l'espace d'une seconde. Déjà l'Indien avait appuyé sur la détente, et le harpon jaillit droit devant nous, avec une secousse qui arrêta la chaloupe, tandis que le câble se déroulait en sifflant. Un cri de triomphe retentit, et le poisson-diable, une femelle gigantesque, plongea avant qu'on ait pu voir si le harpon l'avait touché. Mais juste avant de plonger, elle avait lancé ce souffle rauque que je connaissais bien, ce souffle qu'aucun homme ne peut oublier. Le câble se déroulait à toute vitesse, entraînant les freins qui cognaient contre le bord de la chaloupe comme des coups de feu, et le mousse arrosait le bois pour qu'il ne s'enflamme pas sous la friction. Un instant plus tard, la baleine jaillit à nouveau à la surface de la lagune, en un bond extraordinaire, qui nous laissa tous sans forces, tant étaient grandes la beauté et la force de ce corps dressé vers le ciel. Elle resta immobile quelques fractions de seconde, puis elle retomba dans une gerbe d'écume, et flotta à la surface, légèrement de travers, et on voyait le sang teinter la lagune, rougir le souffle de ses évents. Silencieusement, la chaloupe s'approcha de la baleine.

Au dernier moment, alors qu'un frémissement de l'eau indiquait qu'elle recommençait à bouger, l'Indien projeta le deuxième harpon qui se ficha profondément dans le corps de la baleine, juste au-dessus de l'articulation de la nageoire, entre les côtes, et toucha le cœur. À l'instant le sang jaillit par les trous des évents, en un jet qui fusait haut dans le ciel, d'un rouge très clair, qui retombait sur nos têtes et dans la mer comme une pluie.

Le corps immense eut un soubresaut, puis s'immobilisa à la surface, tourné sur le côté, montrant le dard[1] du harpon, tandis que la tache sombre

---

1. Dard : pointe de fer.

s'agrandissait dans la lagune, entourait la chaloupe. Curieusement, les hommes ne disaient plus rien. En silence, ils placèrent le croc au sommet de la tête, et la chaloupe repartit vers l'estuaire de la lagune, halant la baleine vers le *Léonore*.

Des cris de triomphe nous accueillirent à l'arrivée au navire. Les hommes s'employèrent à arrimer le corps de la baleine aux flancs du navire, en passant des chaînes à travers l'évent et la mâchoire. Immédiatement, d'autres chaloupes partirent, profitant de la marée haute, pour chasser d'autres poissons-diables. Vers midi, à la marée basse, une dizaine de baleines avaient déjà été tuées. C'était plus que ne pouvait emmener le *Léonore*. Nous abandonnâmes les moins grosses prises, et nous retournâmes vers le nord, dans la direction du campement des boucaniers.

Arrêt sur lecture 2

Ce deuxième Arrêt sur lecture pourrait débuter, comme *Moby Dick*, par un long florilège d'extraits, mettant en évidence la façon dont Le Clézio assimile l'image du navire à celle de la baleine. Par la forme de sa coque, les trépidations que laisse entendre sa carcasse, le craquement de ses membrures, le cargo s'apparente en effet à «un immense cachalot d'acier», capable d'emporter de l'autre côté de l'océan les innombrables passagers qu'il avale :

« Le navire *Surabaya* était un grand coffre d'acier qui emportait les souvenirs, qui les dévorait. [...] Le *Surabaya* glissait vers le large [...], soulevant lentement son étrave, pareil à un immense cachalot d'acier. »

Le Clézio, *Onitsha*, 1991.

« La tempête revient quand nous sommes tous dans le ventre du bateau. »

Le Clézio, *Étoile errante*, 1992.

> « L'île était à l'autre bout de ces nuits, après un long temps dans le ventre de l'*Ishkander Shaw*, comme s'ils avaient été avalés par un monstre marin. »
>
> Le Clézio, *La quarantaine*, 1995.

Lorsque débute le second chapitre de *Pawana*, John de Nantucket se trouve déjà engagé à bord d'un de ces navires : le *Léonore*, un trois-mâts qui fait route vers les côtes de la Californie mexicaine.

Un changement de perspective narrative

Le lecteur qui aborde, pour la première fois, le second chapitre de *Pawana* (p. 55 à 67) ne peut manquer d'être surpris par les changements énonciatifs qui s'y manifestent. Le récit de John et l'évocation de la belle Araceli cèdent la place à une autre narration : celle du capitaine Charles Melville Scammon.

Une seconde voix narrative

> Moi, Charles Melville Scammon, en cette année de 1911, approchant de mon terme, je me souviens de ce premier janvier de l'année 1856 quand le *Léonore* a quitté Punta Bunda, en route vers le sud.

Cette phrase, sur laquelle s'ouvre le deuxième chapitre de *Pawana*, bouleverse le protocole narratif mis en place au début du récit en introduisant un second narrateur, qui s'exprime également à la première personne. Ce changement énonciatif crée un effet de surprise, sans pour autant dérouter le lecteur qui connaît déjà le *Léonore* et l'identité de son capitaine, brièvement évoqués dans le chapitre précédent par John de Nantucket (p. 34) :

> J'avais dix-huit ans quand j'ai embarqué sur le *Léonore*, commandé par le capitaine Charles Melville Scammon.

Les liens qui unissent les deux narrateurs de *Pawana* sont clairement réaffirmés dans les premières pages du deuxième chapitre : le capitaine du *Léonore* y évoque l'enfant qui « regardait la mer, à [ses] côtés », un matin de janvier 1856, avant de restituer, dans un passage au discours direct, les propos qu'il échangea avec lui (p. 57).

Comme d'autres récits de Le Clézio, *Pawana* laisse entendre deux voix narratives, nettement distinctes, qui relatent les mêmes événements selon des points de vue différents.

Un récit rétrospectif

Les premières lignes de ce deuxième chapitre dissocient, sans la moindre ambiguïté, le moment de l'énonciation* et celui de l'énoncé. Ainsi que le suggèrent les indications temporelles que contient la phrase d'ouverture, ce second narrateur est un vieil homme qui se tourne, à l'heure du bilan, vers un passé révolu. Comme John de Nantucket, Charles Melville Scammon fait revivre, sous la forme d'un récit rétrospectif, des événements qui appartiennent à une époque lointaine. Les précisions que comporte sa narration permettent au lecteur de clarifier ce que le premier chapitre avait sciemment laissé dans l'ombre : cinquante-cinq années séparent l'aventure vécue sur le *Léonore* du récit entrepris « au commencement d'un nouveau siècle ».

Moment de l'énoncé	Moment de l'énonciation
«Je me souviens de ce premier janvier de l'année 1856...»	«En cette année de 1911, approchant de mon terme...»

L'affirmation d'une identité

D'une manière générale, les propos du capitaine s'avèrent plus précis que ne l'étaient ceux du premier narrateur. Son récit s'ouvre sur des dates (1856 et 1911), des repères géographiques (Punta Dunda, la côte de la Californie mexicaine, le désert de Vizcaino) ou des indices de personnes (Thomas, le «quartier-maître» ; M. Roys, le «second capitaine») fortement ancrés dans la réalité. Par ces indications, empreintes de rigueur et de pragmatisme, l'ouverture du deuxième chapitre s'oppose à l'entame poétique, presque onirique, du récit de John de Nantucket.

On remarquera également que Charles Melville Scammon affirme son identité de manière autoritaire et péremptoire. À la différence de John, qui ne cite jamais son propre nom, le capitaine du *Léonore* décline l'ensemble de son patronyme dès la première phrase du récit. Son nom y est encadré par la redondance* des pronoms personnels «moi» et «je» («Moi, Charles Melville Scammon [...], je me souviens...») qui confère une dimension emphatique* à sa prise de parole. L'affirmation de cette identité, dont le personnage semble s'enorgueillir, s'oppose à la modestie de John, simple matelot dont «le nom de famille [n'a] pas d'importance» (p. 57).

Le sens de la quête

La conversation qui réunit le capitaine du *Léonore* et le jeune mousse chargé d'en laver le pont met en évidence deux façons de concevoir le voyage et la recherche des grands mammifères marins. Charles Melville Scammon et John de Nantucket sont en quête du même lieu secret, ce « réservoir, ce creux immense dans la mer » où les baleines se réunissent par milliers, mais ils ne lui accordent pas la même signification.

Le rêve d'un ailleurs

L'attitude de l'enfant, que le capitaine rencontre sur le pont du navire, est faite à la fois d'humilité et d'émerveillement. John se contente de répondre, de façon laconique et respectueuse, aux questions que lui adresse son interlocuteur, sans chercher à tirer profit d'une relation qui lui permettrait de se distinguer des autres mousses (p. 57) :

> – Comment t'appelles-tu ? [...]
> – John, de Nantucket. [...]
> – Ainsi, tu es de l'île ?
> – Oui, monsieur.

Le récit démontre que John est un être plus profond que ne le laisse supposer la conversation à laquelle il participe. Si les propos qu'il adresse au capitaine du Léonore sont empreints de modestie et de retenue, ses regards trahissent l'émerveillement que lui inspirent la vue de l'océan, puis les crêtes blanchies des mines de sel du Vizcaino. Au terme de ce premier échange, à l'heure où le capitaine évoque son souhait de devenir « immensément riche », le regard du jeune mousse brille d'une lueur étrange que son interlocuteur ne parvient pas à interpréter (p. 58) :

> Le regard de l'enfant brillait étrangement. Mais je me trompai sur ce qu'il exprimait.

Le lecteur, qui connaît les véritables motivations de John pour avoir lu le premier chapitre de *Pawana,* sait que l'argent, la puissance et la gloire n'ont nullement poussé le jeune homme à s'engager « pour le Pacifique ». Seul a compté le désir de vivre un rêve, d'atteindre le lieu secret dont marins et navigateurs parlaient « comme d'une cachette, comme d'un trésor » (p. 27) :

> Depuis mon enfance j'ai rêvé d'aller là-bas, dans cet endroit où tout commençait, où tout finissait.

En marche vers la fortune

Comme John de Nantucket, Charles Melville Scammon est capable de rêverie et d'imagination puisqu'il croit, à la différence de M. Roys, en l'existence de « ce refuge secret », de « cette cachette fabuleuse », où toutes les baleines du pôle se réunissent (p. 56). Cette certitude, exprimée à l'entame du deuxième chapitre, explique la détermination avec laquelle le navire fait route « vers le sud, sans se dévier », et la manière dont son capitaine scrute l'océan.

Les raisons qui poussent le second narrateur de *Pawana* à découvrir le refuge des baleines grises sont clairement formulées dans la conversation qui rassemble les deux protagonistes de l'action. Après avoir évoqué les mines de sel du Vizcaino, symbole des richesses que les hommes extraient de la nature, Charles Melville Scammon confesse sa volonté de s'enrichir par le commerce des baleines (p. 58) :

> Moi, je suis venu pour chercher de l'or. Je n'en ai pas trouvé, alors j'ai affrété ce navire pour la chasse. Sais-tu que si nous trouvons le refuge des grises, nous deviendrons immensément riches ?

Par cet aveu, l'adulte démontre à son jeune interlocuteur que les baleines sont réductibles au profit qu'il peut en retirer. Leur « cachette fabuleuse » est un « trésor » au sens littéral du terme. Pour lui, les « grises » n'ont pas plus de valeur que les ressources salines qu'offre la montagne du Vizcaino : elles sont une étape décisive dans sa « marche vers la fortune ».

La chasse à la baleine

« Soyez donc gais, mes gars, ne perdez pas courage,
Tandis que le vaillant harponneur s'attaque à la baleine. »

Ces vers, extraits d'une chanson de Nantucket, citée dans l'anthologie qui ouvre *Moby Dick*, laissent entendre combien la chasse à la baleine suscite d'enthousiasme et d'intérêt dans l'imaginaire collectif. Ce sentiment est d'autant plus fort pour l'équipage du *Léonore* que la découverte de la lagune, en ce 9 janvier 1856, s'inscrit dans ce que l'on pourrait appeler l'âge d'or des baleiniers.

L'âge d'or des baleiniers
Il suffit de lire un ouvrage documentaire, comme celui que propose Yves Cohat dans la collection « Découvertes Gallimard » – *Vie et mort des baleines,* paru en 1986 – pour comprendre que le port de Nantucket fut au cœur de l'industrie baleinière du XIXe siècle. Cet auteur, spécialiste d'anthropologie marine, fait remarquer que les ports baleiniers de la Nouvelle-Angleterre que sont Nantucket ou New Bedford, connurent un essor sans précédent dans les premières décennies du XIXe siècle :

« Autour de 1920, le port de Nantucket est le plus important des ports baleiniers américains. Ses quais croulent sous le poids de milliers et de milliers de barils d'huile prudemment recouverts d'algues pour les empêcher de se dessécher au soleil. Le prix de l'huile ne cesse de grimper et la demande en fanons de baleines est de plus en plus forte. [...] Vers 1830, soixante-douze baleiniers quittent chaque année Nantucket. Les 30 000 barils d'huile qu'ils y apportent fournissent au monde entier une huile précieuse, nécessaire à la lubrification des machines de la révolution industrielle naissante et à l'éclairage des grandes villes d'Europe et d'Amérique. »

L'époque dont il est question dans le roman de Le Clézio est donc bénie pour les baleiniers américains, qui réalisent parfois des fortunes considérables. En voulant découvrir le « passage secret » où se réunissent des milliers de baleines, le capitaine Charles Melville Scammon se conforme pleinement aux aspirations de son époque.

La recherche de nouveaux gisements

L'ouvrage d'Yves Cohat nous apprend toutefois que l'île de Nantucket perdit de sa supériorité à partir de 1850. La concurrence exercée par les multiples ports baleiniers de la côte est des États-Unis (« la Nouvelle-Angleterre et l'État de New York comptent 50 ports baleiniers et une flottille de 600 navires ! ») n'est pas la seule cause de cet affaiblissement. La découverte de nouvelles zones de chasse dans le Pacifique et la présence d'un banc de sable, qui limite l'accès du port aux bateaux de gros tonnages, explique que New Bedford ait progressivement supplanté l'île de Nantucket.

Une lecture attentive de *Pawana* démontre que Le Clézio n'est pas resté insensible à cette évolution historique. Au cours de la conversation qu'il entretient avec le capitaine du *Léonore*, John laisse entendre que la Compagnie Nantucket affrète des bateaux qui étendent leur zone de chasse jusque dans l'océan Pacifique. L'époque où l'on chassait la baleine, le harpon à la main, « dans le canal entre Nantucket et le cap Cod », appartient à un passé révolu : celui qu'incarne le vieux Nattick, unique survivant d'une communauté indienne disparue.

Sur les traces de Mocha Dick

Le deuxième chapitre de *Pawana* se clôt sur une description particulièrement suggestive (p. 64 à 67) : celle du massacre des baleines grises, découvertes par l'équipage du *Léonore*, le 10 janvier 1856, dans les eaux saumâtres de la côte californienne. Le combat sans merci que livrent les harponneurs dans l'étroit chenal de la lagune, le sang qui jaillit « par les trous des évents en un jet qui fusait haut dans le ciel », les soubresauts qui agitent le « corps immense » d'une baleine à l'agonie, les « cris de triomphe » des matelots, puis l'abandon des « moins grosses prises » rappellent au lecteur averti d'innombrables récits de baleiniers. La plus extraordinaire de ces histoires est assurément celle que narre Herman Melville dans *Moby Dick*.

Le romancier américain, qui fut lui-même baleinier, s'inspira d'un fait réel qui frappa l'imaginaire collectif au début du XIXe siècle, lorsqu'un gigantesque cachalot fut repéré près de l'île de Mocha, au large du Chili. Pendant des années, aventuriers et marins tentèrent de mettre à mort ce grand cachalot blanc surnommé Mocha Dick, qui envoya par le fond de nombreuses baleinières. Il fallut attendre 1859 pour qu'un équipage suédois tue ce monstre marin, couvert de cicatrices, qu'Herman

A. S. L. 2

Adapté au cinéma par John Huston en 1956, le roman d'Herman Melville, *Moby Dick*, raconte la traque engagée par un capitaine de baleinier contre un terrible mammifère blanc. Gregory Peck que vous voyez ici a perdu une jambe lors d'un précédent affrontement avec la baleine. C'est le moment de l'ultime combat.

Melville immortalisa, sous le nom de Moby Dick, dans l'une des œuvres majeures de la littérature.

Le passage présenté ci-dessous relate un épisode de l'ultime combat que se livrent la Baleine Blanche et le capitaine Achab :

« AU TROISIÈME JOUR DE CHASSE

Quand le canot lancé de côté longea le flanc de la Baleine Blanche, elle sembla étrangement oublier d'avancer (comme la baleine le fait parfois) et Achab se trouva en plein dans la montagne de brouillard fumeux qui, rejeté par le jet, s'enroulait autour de sa grande bosse. Il était tout près d'elle quand, le corps bandé en arrière, les bras tendus, il lança son féroce harpon avec sa plus féroce malédiction.

L'acier et la malédiction s'enfoncèrent jusqu'à la garde dans la baleine détestée, comme dans un marais. Moby Dick se tordit de côté, roula spasmodiquement son flanc contre le flanc du canot et, sans l'abîmer, le renversa si subitement que s'il n'avait alors été bien cramponné à la partie supérieure du plat-bord, Achab aurait été une fois de plus jeté à la mer. Trois des rameurs qui ne pouvaient prévoir le moment précis du lancement du dard et n'étaient pas préparés à en subir les effets furent jetés à la mer, mais ils tombèrent de telle sorte qu'en un instant deux d'entre eux attrapèrent le plat-bord et, soulevés par une vague, purent se lancer encore dans le canot. Le troisième resta abandonné derrière, mais il flottait et il nageait toujours.

Presque aussitôt, avec une volte rapide, la Baleine Blanche se

Chasser la baleine n'était pas sans danger. Vous pouvez repérer sur cette gravure du début du dix-neuvième siècle les canots brisés sur le dos de la baleine.

lança à travers la mer bouillonnante. Mais pendant qu'Achab criait au timonier de tirer la ligne et de tenir bon, et qu'il ordonnait à l'équipage de se retourner sur les sièges afin de pouvoir haler, la ligne, sous ce poids et ces efforts doubles, éclata dans l'air vide !

– Qu'est-ce qui éclate en moi ? quel nerf a claqué ?... toujours entier... les rames, les rames, sautez sur les rames !

En entendant le grand bruit du canot frappant la mer, la baleine se tourna pour présenter son œil vide à l'ennemi ; mais dans ce mouvement, apercevant la masse noire du vaisseau qui approchait, et sans doute, voyant en lui la source de toutes ses persécutions, le prenant peut-être pour un ennemi plus grand et plus noble, elle chargea subitement sur sa proue approchante, claquant ses mâchoires parmi l'étincelante écume.

Achab trébucha, sa main frappa son front.

– Je deviens aveugle ; mais étendez-vous devant moi, que je puisse encore trouver mon chemin en tâtonnant. Est-ce la nuit ?

– La baleine ! Le vaisseau ! crièrent les rameurs effrayés.

– Aux rames, aux rames ! Apaise-toi jusque dans tes profondeurs, ô mer, pour qu'avant qu'il ne soit trop tard à jamais, Achab puisse une dernière fois, une toute dernière fois, faire son affaire ! Je vois : le bateau, le bateau ! Hâtez-vous mes hommes ! Ne voulez-vous pas sauver mon bateau !

Mais tandis que les rameurs forçaient violemment leur canot à travers la mer battante, l'avant déjà frappé par la baleine céda et, presque en un instant, le canot provisoirement hors de combat s'enfonça au niveau des vagues. L'équipage pataugeait et éclaboussait, faisant de son mieux pour étancher et vider l'eau qui entrait à flots. »

Herman Melville, *Moby Dick* (1851), Gallimard, coll. « Folio », traduction de Lucien Jacques, Joan Smith et Jean Giono.

à vous...

Repérages chronologiques
1 – À l'aide des indications que comportent les deux premiers chapitres de *Pawana*, établissez la fiche d'identité du premier narrateur du récit.
a. Indiquez son nom, sa profession, les lieux où il a vécu.
b. Retrouvez par déduction l'année de naissance de ce personnage, puis reconstituez les grandes étapes de son itinéraire sur une frise chronologique.

Vocabulaire
2 – Le deuxième chapitre de *Pawana* (p. 55 à 67) fait souvent référence à la navigation.
a. Que désigne le terme «encablures»?
b. Qu'est-ce qu'un «chenal»? Recherchez deux synonymes de ce terme dans le chapitre.
c. Que désignent les termes «bâbord» et «tribord»?

3 – Le narrateur évoque souvent les diverses parties du navire qu'il dirige.
a. Que nomme-t-on l'«étrave» du bateau?
b. Qu'est-ce que la «dunette»?
c. Quel rôle l'«homme de vigie» joue-t-il sur le navire?

Lectures complémentaires
4 – Avant d'écrire *Pawana*, Le Clézio fut un fervent lecteur du roman d'Herman Melville intitulé *Moby Dick*. En vous inspirant du texte présenté ci-dessus, dites ce qui permet de rapprocher ces deux œuvres.

5 – Lisez l'un de ces deux romans, écrits par des écrivains chiliens fascinés par le sud de la Patagonie. Ils vous permettront de découvrir des garçons de votre âge partis chasser la baleine dans les eaux froides de l'Antarctique :
• Francisco Coloane, *Le sillage de la baleine*, Éditions Phébus, 1998.
• Luis Sepulveda, *Le monde du bout du monde*, Éditions Métailié, 1993.

John, de Nantucket

Trois ans plus tard, je suis retourné dans la lagune. Je n'étais plus sur le *Léonore* mais sur un baleinier de la Compagnie Nantucket, le *Sag Harbor*. Je n'ai jamais revu le capitaine Scammon. Mais quand je suis arrivé de nouveau dans la lagune à laquelle tous les marins de la Compagnie donnaient son nom, j'ai ressenti une horreur que je ne pourrai jamais oublier. Ce lieu jadis si beau, si pur, tel que devait être le monde à son début, avant la création de l'homme, était devenu l'endroit du carnage. L'entrée de la lagune avait été bloquée par les navires, et à l'intérieur du piège les troupeaux de poissons-diables tournaient en rond, les femelles poussant devant elles leurs petits, cherchant une issue. Quand elles se présentaient devant les navires, les canons lançaient les harpons explosifs, et le sang des géantes s'étalait dans la lagune, souillait les plages et les bancs de sable. Les oiseaux, ivres, féroces comme des rats, tourbillonnaient au-dessus des baleines blessées. Des hordes de requins avaient pénétré dans la lagune, attaquaient les baleines blessées, arrachaient des morceaux aux proies attachées au flanc des navires, malgré les imprécations des marins armés de carabines. De tous côtés, sur les bancs de sable inaccessibles, gisaient les carcasses des grises, lambeaux de chair et d'os, becs immenses dressés vers le ciel. Les canons tiraient sans cesse, les harpons frappaient les corps, les évents lançaient des jets de sang. Même le bruit était inhumain. Personne ne criait, personne ne parlait. Il y avait seulement les coups sourds des obus qui explosaient dans les corps des baleines, les criaillements des oiseaux, et les souffles rauques des bêtes en train de mourir. Parfois, les navires frappaient à mort la même baleine, et les équipages se disputaient la proie, mais presque sans cris, avec des menaces étouffées. Le soleil brillait sur les montagnes du désert, au loin, sur les salines, sur l'eau épaisse.

Maintenant, il n'y avait plus de secret. C'est cela qui me faisait horreur, c'est pour cela que j'ai juré que je ne reviendrais plus, que ce serait la dernière fois. L'année qui a suivi la découverte de la lagune, on dit que plus de cent navires entrèrent dans le domaine des baleines, envoyèrent leurs chaloupes à la poursuite des femelles en train d'accoucher. Le carnage dura un mois entier, jour après jour. Les navires venaient de tous les points du monde. Le soir, les feux s'allumaient sur les rives de la lagune, sur les bancs de sable. Une jetée avait été construite, au fond de l'anse à l'entrée de la lagune, là où autrefois nous avions dormi avant d'entrer dans le domaine des baleines grises. À présent, il y avait partout le bruit des hommes, les cris, les appels, les voix qui parlaient dans toutes les langues, et après le silence de la tuerie, c'était un bruit aigu et ronflant qui ressemblait aux cris des oiseaux.

Au lever du jour, commençait la boucherie, et cela durait jusqu'à midi. Les canots revenaient de la lagune, halant les corps des géantes hors de la lagune, jusqu'aux navires. Maintenant, ce n'était plus le lieu secret, sans nom, tel qu'il existait depuis le commencement du monde. Chaque recoin de la lagune, chaque baie, chaque banc avait son nom, le nom d'un harponneur, d'un marin, le lac Cooper, la mare aux poissons, la lagune du fort, le grand rocher, la lagune principale, la digue, le nouveau port, les salines. Les hommes possédaient toute la lagune, jusqu'au fond. Déjà étaient apparues les premières huttes, les maisons des collecteurs de sel indiens, les vendeurs d'eau, peut-être qu'il y avait maintenant une hutte de roseaux et de palmes où des filles vendaient leur corps aux boucaniers.

C'est à Araceli que je pense encore, ici, après tant d'années, sur cette plage vide. Je cherche le long de l'ancien ruisseau asséché la place où je l'ai épiée[1], entre les roseaux, pendant qu'elle se baignait à l'aube, parmi les oiseaux. C'est là aussi qu'elle m'a parlé, pour la première fois. C'est si loin que je ne sais plus si cela s'est passé vraiment, si je l'ai rêvé. Je n'ai pas oublié la couleur de sa peau, la flamme sauvage de ses yeux. C'est là, à l'aube, dans le sable mouillé, nous nous sommes étendus, j'ai touché son corps, je tremblais de fièvre, de désir. Elle me parlait dans sa langue étrange, dure et chantante, elle me montrait les collines du désert, là d'où elle venait. Je ne comprenais pas. Je ne savais pas pourquoi elle m'avait choisi, pourquoi elle se donnait à moi. Elle était si violente et sauvage, en même temps si craintive, fugitive comme une ombre. Quand le soleil apparaissait, elle quittait les roseaux, elle retournait vers le camp, dans la hutte où dormaient Emilio et les filles. C'est elle que je cherche ici, le souvenir de sa peau, où l'eau de la rivière restait accrochée comme une rosée, le souvenir de ses cheveux noirs glissant sur son dos, de ses yeux brûlants, de sa voix, de son souffle.

Un jour, pourtant, elle n'est pas venue. Valdés, le

---

1. Épier : observer, guetter.

Mexicain, m'a dit qu'elle s'était enfuie. Emilio l'avait battue, et elle s'était échappée. Je suis allé vers le haut du torrent, du côté des montagnes désertes. Je cherchais ses traces à travers le marais, dans les roseaux. Alors j'ai vu Emilio, monté sur son cheval. Il galopait vers les montagnes, il semblait un chasseur. J'étais dans le camp lorsqu'on a ramené le corps d'Araceli. Des hommes l'avaient trouvée dans la montagne, du côté des bois de mezquites. Ils l'ont déposée dans le sable, non loin de la rivière. Les prostituées se sont approchées, elles l'ont regardée. Elles ont lancé des malédictions. Les hommes restaient un peu à l'écart, sans rien dire. Puis il y en a eu quelques-uns pour creuser une tombe, là où elle était, dans les cailloux et le sable du bord de la rivière. Ce fut juste un trou dans la terre, et ils basculèrent le corps d'Araceli. Un homme tenait les jambes, un autre les bras, ils l'ont balancée un instant et l'ont laissée tomber dans le trou. La tombe était si étroite que les bras restaient accrochés aux cailloux, je m'en souviens, comme si elle ne voulait pas disparaître. Je n'ai pas osé m'approcher. J'ai eu peur de voir le visage, les yeux fermés, la peau grise et salie par la poussière, les beaux cheveux. Avec des pelles, les marins ont poussé la terre sur elle, et ils ont placé quelques grosses pierres. Comme elle n'était qu'une Indienne, ils n'ont pas dit de prières, ils n'ont pas mis de croix, ni rien pour marquer l'endroit où elle était enterrée. Mais moi je n'ai pas oublié. C'est pour cela que je suis venu ici, pour voir cette tombe, pour bien la reconnaître encore une fois. La rivière s'est asséchée, les forêts de mezquites ont brûlé, mais je peux voir exactement l'endroit où est Araceli, dans cette terre rouge, où les cailloux n'ont jamais changé de place.

Après, les filles ont quitté le camp. De toute façon, elles ne pouvaient pas rester. Emilio, on dit qu'il fut pris à San Diego, et qu'il fut pendu cette même année. D'autres disent qu'il a découvert un filon, et qu'il est devenu très riche. Cette année-là, la Compagnie Nantucket vint s'installer à San Francisco, et les boucaniers cessèrent de s'arrêter à Punta Bunda. Il n'y avait déjà plus de bois pour faire du charbon. Alors on dit que la rivière cessa de couler.

C'était autrefois, c'était dans un autre monde. Maintenant, le *Léonore* n'existe plus. Il s'est échoué sur un banc, dans la baie de San Francisco. Et qui sait ce que sont devenus ceux qui le montaient, le capitaine Scammon, le second capitaine Roys, le harponneur nattick, les marins hawaiiens, canaques, le Mexicain Valdés, tous les autres qui étaient avec moi lorsque nous sommes entrés pour la première fois dans la lagune ?

J'erre sur la plage, dans le vent doux de l'hiver,

j'entends pleurer les tubes des roseaux, et le sifflement dans les ossements et les branches des anciennes huttes. Je frissonne, parce que c'est comme la voix d'Araceli, son souffle qui chante près de la rivière invisible.

Le siècle nouveau commence, plus rien ne sera comme avant. Le monde ne retournera plus à son origine. La lagune n'est plus le lieu où la vie pouvait naître. Elle est devenue un lac mortel, le lac lourd et âcre du sang répandu. J'erre sur les plages, au milieu des ruines des huttes. Je suis peut-être devenu pareil au vieux John Nattick de mon enfance, qui pouvait rester devant l'eau grise de la lagune, au milieu des carcasses des bateaux inutiles, qu'il ne voyait plus. Est-ce qu'un enfant viendra un jour écouter la plainte des branches et des os ? Parfois, les navires passent au large. Je vois leurs hauts mâts, leurs cheminées qui crachent de la fumée. Ils traversent la baie, vers le sud. Ils cherchent d'autres secrets, d'autres proies. La mer devient vide à nouveau, sans un signe, sans un souffle. Comment peut-on oublier, pour que le monde recommence ? J'ai trouvé partout la tombe d'Araceli. Partout les mêmes pierres, la même terre remuée. Plus loin, de l'autre côté du cap, il y a une ville nouvelle. En écoutant bien, peut-être que je pourrais entendre, portés par le vent, la musique, les rires, les cris des enfants ?

Charles Melville Scammon

Moi, Charles Melville Scammon, commandant le *John Dix*, j'ai vécu cela, j'ai découvert ce secret, le premier j'ai ouvert le passage dans cette côte inconnue, jusqu'à cette échancrure, cette île basse, ce chenal où à la marée montante se bousculaient les baleines pleines, impatientes d'accoucher dans les eaux douces de la lagune. J'ai vécu cela, comme un ancien rêve, qui se réalisait soudain dans un éblouissement. Tous ceux qui m'accompagnaient alors ne l'ont pas oublié, ni Roys, ni le harponneur de Nantucket, ni ce jeune garçon qui chassait pour la première fois et qui me regardait comme si j'avais fait quelque chose d'interdit, quelque chose de maudit. Je me souviens de chacun d'eux, maintenant, au terme de mon existence, et je jure, *amen,* que rien de tel n'aura été donné deux fois dans notre vie.

L'entrée dans la lagune, à l'aube, à bord de la

chaloupe, au milieu des corps innombrables des baleines, aussi grands que des dieux, les femelles penchées pour accoucher, puis soulevant leurs enfants pour leur permettre de prendre leur premier souffle. Alors notre chaloupe fendait l'eau pâle en silence, et c'était la mort que nous apportions. Après, tout d'un coup, la clameur des oiseaux tourbillonnant, quand la lagune se teintait du sang des baleines, s'assombrissait dans la lumière de l'aube.

La chaloupe fendait l'eau, et le canon de l'Indien lançait le harpon qui entrait dans le flanc des baleines, faisant jaillir davantage de sang.

Nous n'avions plus d'âme, je crois, nous ne savions plus rien de la beauté du monde. Nous étions enivrés par l'odeur du sang, par le bruit de la vie qui s'échappait avec le souffle. Maintenant, je me souviens du regard des hommes. Comment ai-je pu ne pas le voir? C'était un regard volontaire et sans pitié. Certaines baleines blessées entraînaient la chaloupe jusqu'aux hauts-fonds, et il fallait trancher le filin à la hache pour ne pas s'échouer sur les bancs. Les baleines sont mortes là, et leurs carcasses pourrissaient comme des épaves.

Je me souviens du regard de l'enfant qui était avec nous. Il me brûlait d'une question sans réponse. Je sais maintenant ce qu'était cette question. Il me demandait : comment peut-on tuer ce qu'on aime?

Nous étions les premiers. Si nous n'étions pas venus, est-ce que d'autres n'auraient pas trouvé finalement l'entrée vers ce paradis, le passage vers la lagune où les baleines venaient au monde ? Comment peut-on détruire un secret ?

Jour après jour, les chasseurs ont remonté le chenal, pour tuer les baleines dans la lagune. Année après année, ils sont venus, avec des navires de plus en plus grands, de toutes les parties du monde, de Californie, du Chili, d'Argentine, d'Alaska, de Norvège, de Russie, du Japon. Les navires faisaient comme une armée à l'entrée de la lagune. Ils portaient des harpons empoisonnés au curare[1], des canons lance-torpilles, des harpons électriques, des palans[2], des chaînes, des crocs. Autour d'eux, il y avait la nuée des oiseaux affamés, et dans la mer les centaines de requins. La lagune était un lac de sang dans l'aube de l'hiver, une rivière rouge qui baignait les rivages de pierre. La lagune n'était plus un secret, elle n'était plus la mienne. Elle était devenue un piège où se prenaient les baleines grises, un piège qui les faisait mourir avec leurs nouveau-nés. Combien de milliers de corps transpercés, halés jusqu'aux navires, attachés à des crocs, dépecés sur les plages, transformés en barils d'huile ? Combien

---

1. Curare : poison dont se servent certaines peuplades de l'Amérique tropicale pour empoisonner leurs flèches.
2. Palan : appareil muni d'une poulie dont on se servait pour déplacer des fardeaux à bord des navires.

d'enfants tués dans le ventre de leur mère ? Les carcasses immenses pourrissaient sur le sable, dans les fonds de la lagune, comme des navires naufragés. Si mon regard ne s'était pas arrêté, ce fatal jour de janvier 1856, sur cette échancrure dans la côte désertique, à demi cachée par une île de sable, est-ce que le ventre du monde serait encore ? Est-ce que le secret de l'origine du monde aurait été gardé ? La lagune était si belle et vaste, dans le centre de la terre, entre le ciel et la mer, entre la mer et le sable, là où la vie pouvait commencer. Dans la lagune, les baleines étaient libres et vastes comme des déesses, comme des nuages. Elles venaient au monde dans l'endroit où la vie avait commencé, dans le secret de la terre. Sans cesse recommencé, et il ne devait pas y avoir de fin.

Mais moi, Charles Melville Scammon, commandant le *Léonore* de la Compagnie Nantucket, j'ai découvert ce passage, et plus rien ne sera jamais comme avant. Mon regard s'est posé sur le secret, j'ai lancé mes chasseurs assoiffés de sang, et la vie a cessé de naître. Maintenant, tout est renversé et détruit. Sur la plage où nous avons passé la première nuit, entendant au hasard les souffles des géants qui s'approchaient, on a construit une jetée en bois, où les cadavres des baleines sont arrimés[1]

---

1. Arrimés : fixés, attachés.

avant le dépeçage. Des huttes ont poussé, des villages de ramasseurs de sel, de marchands d'eau, de coupeurs de bois. Le ventre de la terre s'est desséché et flétri, il est devenu stérile.

Maintenant que j'approche de ma fin, je pense à l'étrave de la chaloupe qui fendait silencieusement l'eau pâle de la lagune, portant le canon de l'Indien vers le corps des géantes. Je pense encore au bond gigantesque de la femelle, suspendue un instant dans la lumière au centre de son nuage de gouttes, et retombant en entraînant son enfant dans la mort. Comment peut-on oser aimer ce qu'on a tué ? C'est la question que me posait le regard de l'enfant dans la chaloupe, c'est cette question que j'entends encore. Alors, tandis que l'étrave de la chaloupe fendait l'eau de la lagune, nous allions très durement vers notre destinée. Je pense aux larmes de l'enfant, quand nous avons halé les corps des baleines vers le navire, parce qu'il était le seul à savoir le secret que nous avions perdu.

Je pense à lui, comme si je pouvais arrêter le cours du temps, l'étrave de la chaloupe, refermer l'entrée du passage. Je rêve à cela, comme autrefois j'avais rêvé d'ouvrir ce passage.

Alors le ventre de la terre pourrait recommencer à vivre, et les corps des baleines glisseraient doucement dans les eaux les plus calmes du monde, dans cette lagune qui enfin n'aurait plus de nom.

Arrêt sur lecture 3

Vous avez sans doute compris, en lisant les Ouvertures de ce livre, que *Les aventures de Pinocchio* de Carlo Collodi étaient inspirées de l'histoire de Jonas, personnage biblique qui fut avalé par une baleine. Saviez-vous néanmoins que le petit pantin de bois fabriqué par Gepetto n'était pas seul dans le ventre du monstre ? À la différence de Jonas, Pinocchio s'y trouvait en compagnie d'un thon englouti en même temps que lui. Comme vous pouvez l'imaginer, Pinocchio et ce poisson n'appréhendent pas la situation de la même manière : si le pantin refuse catégoriquement d'être digéré, le thon, plus philosophe, se console en pensant qu'il est préférable de « mourir sous l'eau que dans l'huile ». Leur histoire est un peu celle que nous raconte Le Clézio…

Deux récits, deux regards

À regarder les choses de près, on se rend compte, en effet, que John de Nantucket et Charles Melville Scammon se trouvent dans une situation un peu comparable à celle que vécurent Pinocchio et le thon : réunis dans le ventre du *Léonore* pour un long voyage maritime, les deux hommes portent deux regards bien différents sur la réalité et le monde qui les entoure.

Un récit stéréoscopique

Les deux derniers chapitres de *Pawana* (p. 82 à 93) reposent sur le même principe de composition que les précédents puisque deux récits, effectués par des narrateurs différents, y sont entrelacés : comme dans la première partie du roman, la parole est successivement donnée à John au troisième chapitre, puis, dans le dernier, au capitaine Charles Melville Scammon. L'un et l'autre dressent un bilan de l'aventure vécue à bord du *Léonore*, à l'heure des grandes chasses baleinières.

Par cette structure, qui fait alterner deux récits indépendants, Le Clézio présente au lecteur ce que l'on pourrait appeler un récit **stéréoscopique**. Tel un stéréoscope, instrument d'optique permettant d'observer deux images prises simultanément par deux objectifs parallèles, *Pawana* narre deux fois la même histoire, selon des points de vue sensiblement différents. Deux hommes, qui furent engagés dans une même aventure, témoignent de ce qu'ils ont vu et vécu un demi-siècle auparavant.

Une ellipse narrative

Un repérage des indices de temps que comportent les chapitres 3 et 4 prouve que ces récits sont également effectués de manière rétrospective : les deux narrateurs sont des hommes âgés qui s'expriment alors qu'un « siècle nouveau commence » (p. 88). Pour la seconde fois dans le roman, Charles Melville Scammon laisse même entendre au lecteur qu'il est arrivé au terme de son existence (p. 93) :

> Maintenant que j'approche de ma fin, je pense à l'étrave de la
> chaloupe qui fendait silencieusement l'eau pâle de la lagune…

Si le moment de l'énonciation* se conforme aux indications données dans les premiers chapitres, le moment de l'énoncé en est sensiblement différent. Les événements relatés à la fin du chapitre 2 se situent précisément le jour de janvier 1856, quand l'équipage du *Léonore* pénètre dans les eaux de la lagune où les baleines grises viennent mettre au monde leurs petits. La phrase sur laquelle s'ouvre le chapitre suivant (p. 82) impose au lecteur un léger saut dans le temps : les faits relatés ne se déroulent plus en 1856, mais « trois ans plus tard », en 1859, lorsque John revient sur les lieux du carnage, à bord du *Sag Harbor*, un autre « baleinier de la Compagnie Nantucket ». Cette ellipse narrative* n'a pas seulement pour fonction d'assurer la progression du récit. Elle permet également au narrateur d'évoquer les funestes conséquences d'une découverte effectuée, « dans un éblouissement », par le capitaine Charles Melville Scammon : celle qui conduisit le *Léonore* dans « ce chenal où à la marée montante se bousculaient les baleines pleines, impatientes d'accoucher dans les eaux douces de la lagune » (p. 89).

Un double constat d'échec

Le désarroi de John – En dépit de son caractère elliptique, le récit de John s'inscrit dans la continuité du chapitre d'ouverture. L'ancien mousse du *Léonore* y évoque successivement le carnage perpétré dans la lagune par les baleiniers enivrés de violence (p. 82 à 84), la destruction du « lieu secret » qui existait « depuis le commencement du monde (p. 84), puis l'épisode douloureux de ses amours perdues avec Araceli (p. 85 à 87). Cet épisode constitue, à sa manière, un récit dans le récit. Telle une histoire indépendante, ce dernier possède en effet ses protagonistes (John et Araceli ; Valdés, le Mexicain ; Emilio, le proxénète) et son propre déroulement narratif : à la première rencontre des jeunes gens, narrée dans le chapitre 1, succède une relation amoureuse, brisée par la disparition, puis la mort, d'Araceli. Pour John, le massacre systématique des baleines et la mise à mort de la jeune fille sont deux manifestations d'une même pulsion destructive : celle qui pousse les êtres humains à souiller puis détruire la pureté, l'innocence et la beauté du monde.

Les aveux de Charles Melville Scammon – Au cours du chapitre 3, John décrit le massacre des baleines comme un spectacle terrifiant dont il fut le spectateur impuissant. Dans le chapitre suivant, Charles Melville Scammon évoque différemment cette réalité dont il fut l'un des principaux acteurs. Dès les premières lignes du chapitre, le second narrateur de *Pawana* s'attribue la découverte du trésor que tous les baleiniers recherchaient (p. 89) :

> Moi, Charles Melville Scammon, commandant le *John Dix*, j'ai vécu cela, j'ai découvert ce secret, le premier j'ai ouvert le passage dans cette côte inconnue…

Contrairement à ce que pourrait laisser supposer la tournure d'emphase* de cette phrase d'ouverture (« Moi, Charles Melville Scammon… je »), l'ancien capitaine du *Léonore* ne s'enorgueillit plus de cette découverte : avec le temps, ce chasseur de baleines a compris qu'il était à l'origine d'un massacre. Dépossédé de son trésor par des baleiniers venus de tous les coins du monde – « de Californie, du Chili, d'Argentine, d'Alaska, de Norvège, de Russie, du Japon » (p. 91) –, Charles Melville Scammon reconnaît s'être engagé sur la voie d'une destruction insensée (p. 90) :

> Nous n'avions plus d'âme, je crois, nous ne savions plus rien de la beauté du monde.

Vers une convergence de points de vue

Les dernières pages de *Pawana* laissent clairement entrevoir le changement de regard que Charles Melville Scammon porte sur le massacre des baleines. Après s'être tourné vers la chasse baleinière par cupidité («si nous trouvons le refuge des grises, nous deviendrons immensément riches», disait-il au jeune mousse), l'ancien capitaine du *Léonore* comprend que la nature recèle des trésors qui dépassent toute logique mercantile. Arrivé au terme de son existence, il est enfin capable d'interpréter les regards que lui adressait l'enfant désespéré par le spectacle du carnage (p. 93):

> Je pense aux larmes de l'enfant, quand nous avons halé les corps des baleines vers le navire, parce qu'il était le seul à savoir le secret que nous avions perdu.

Cette convergence de points de vue est perceptible dans la manière dont s'exprime Charles Melville Scammon. Par leur tonalité et le lexique qui y est utilisé, les dernières pages de *Pawana* (p. 92 à 93) rappellent curieusement la façon dont débute, dans le premier chapitre, le récit de John : le narrateur recourt à des termes qui valorisent les baleines (il ne s'agit plus de «grises», mais de «géants» et de «géantes») et magnifient le «bond gigantesque» qui suspend un instant une femelle «dans la lumière au centre de son nuage de gouttes» (p. 93).

La reprise anaphorique* du verbe «penser» («Je pense encore au bond gigantesque...»; «Je pense aux larmes de l'enfant...»; «Je pense à lui»; «Je pense à cela...») et le champ lexical* du rêve («Je rêve à cela, comme autrefois j'avais rêvé d'ouvrir ce passage», p.93) placent les derniers paragraphes du roman sous le signe d'une prise de conscience : celle qui permet à l'ancien chasseur de baleines de regretter ses erreurs et de revivre, en pensée, l'émerveillement du premier matin. Le roman de Le Clézio s'achève, comme il a commencé, par l'évocation nostalgique d'un paradis perdu.

C'est la vie qu'on assassine

Pour apaisée qu'elle paraisse, cette dernière page ne saurait faire oublier la violence qui émane des deux derniers chapitres du roman. Le carnage, dont l'un des narrateurs de *Pawana* reconnaît la responsabilité, est d'autant plus poignant qu'il concerne des baleines femelles venues mettre bas leurs petits.

Le ventre de la mer
Dès les premières lignes de son récit, John évoque la manière dont ces mères, prises au piège par les navires, poussent «devant elles leurs petits, cherchant une issue» (p. 82). Dans le dernier chapitre, Charles Melville Scammon fait également allusion à ces atteintes portées à la vie : il relate la découverte du chenal dans lequel s'engouffrent «les baleines pleines, impatientes d'accoucher dans les eaux douces de la lagune» (p. 89), l'émergence des baleineaux qui viennent «prendre leur premier souffle» (p. 90), la mise en place du piège dans lequel les baleines grises meurent «avec leurs nouveau-nés» (p. 91). Au fil du texte, l'auteur abandonne les mots qui appartiennent au champ lexical* de la vie animale, pour employer des termes qui servent à désigner les êtres humains. Dans la phrase suivante, par exemple, les baleines grises ne sont plus simplement des «femelles», mais des «mères» qui portent des «enfants» (p. 92) :

> Combien d'enfants tués dans le ventre de leur mère ?

Ce glissement lexical n'est pas fortuit : il laisse entendre que les hommes portent atteinte à leur propre vie en détruisant les richesses de la nature. En massacrant les baleines venues transmettre la vie dans la lagune, les êtres humains s'en prennent au ventre de la mer, détruisant à jamais le « secret de l'origine du monde ». Par cette destruction, c'est la vie même qu'ils assassinent.

La mère et son petit
Écrivains, navigateurs et scientifiques ont souvent évoqué l'attachement des mammifères marins pour leurs petits. Ce n'est pas une légende. Dans le roman intitulé *Les baleiniers*, Alexandre Dumas brosse le portrait d'un capitaine peu scrupuleux qui harponne les baleineaux, sachant qu'une mère « se laisserait massacrer sur la place, plutôt que d'abandonner son cafre ».

Dans le texte de l'écrivain Francisco Coloane que nous vous proposons ci-dessous, le capitaine Albarrán se montre, en revanche, moins inhumain, affirmant qu'un baleinier ne doit jamais tuer une baleine qui vient de mettre bas.

« LA MORT DE LA BALEINE BLEUE

En cours d'après-midi huit cadavres flottaient dans la zone de chasse. L'orgie de sang semblait toucher à sa fin.
– Là-bas, je vois quelque chose, mais pas de jet ! cria le contremaître, qui était remonté dans la hune, le doigt pointé à bâbord.
Le *Leviatán* mit le cap sur la direction indiquée.
– Le dernier, pilote ! Après, on plie bagages ! avertit Albarrán.
– Je ne vois rien, répondit Yáñez en faisant un geste de dépit.
– Là-bas, à un demi-mille ! Il ne souffle pas, mais on le voit monter et descendre les vagues !
– Je le vois ! cria Yáñez.

– Tout le monde est prêt ? rugit Albarrán.

– Prêts !

Le baleinier fila droit vers une masse noire portée par la houle. L'équipage attendait, fatigué, mais encore avide de sang. Albarrán ôta sa casquette et se gratta la tête.

– Stoppez les machines, lança-t-il dans le porte-voix. Le *Leviatán* avança sur son erre, soulevé par les grosses vagues. Tout à coup la masse noire émergea à la proue et la détonation du canon retentit. Le cétacé ne broncha pas et l'équipage pensa que le pilote avait raté sa cible, mais brusquement l'animal sonda en entraînant la ligne.

– En plein dans le mille ! s'écria Yáñez.

– Pour moi, ce n'est pas un cachalot mais une baleine bleue, dit Barcena en redescendant de la hune.

La ligne se dévidait à toute vitesse… Cinq cents, huit cents, mille, mille cinq cents mètres de filin qui se déroulaient du tambour en fumant.

– Moi aussi, je pense que c'est une bleue, déclara le capitaine.

– Le pilote a visé juste, commenta Pedro sur l'escalier qui conduisait à la cabine.

Albarrán lui ordonna de reprendre la barre.

Quand la ligne fut complètement déroulée, les ressorts des amortisseurs grincèrent au fond de la cale. Et l'allure du bateau, dont les machines tournaient à plein régime, augmenta.

– Elle a la peau dure ! Mais elle commence à remonter, commenta le capitaine en observant le mouvement de la ligne.

Un moment plus tard, en effet, une gigantesque échine bleue souleva la surface et se courba en embarquant la ligne. Quand les secousses diminuèrent et que le cabestan commença de haler sa proie, il y eut un formidable remous d'eaux sanguinolentes. C'était un énorme animal qui se débattait contre l'emprise de la mort, mais subitement, les hommes stupéfaits virent un autre cétacé beaucoup plus petit qui rôdait autour de la superbe baleine bleue tordue dans les derniers soubresauts de l'agonie : un baleineau d'environ sept mètres de long.

Les regards de tout l'équipage se détournèrent du petit cétacé qui nageait dans le sang de sa mère et se posèrent sur Yáñez, le harponneur. Albarrán ôta de nouveau sa casquette et se gratta la tête. Bárcena avait les yeux baissés, comme cherchant un câble sur le pont.

– Je ne l'ai pas vu, il devait téter de l'autre côté ! se justifia le pilote quand on lui apporta la lance pour donner le coup de grâce à l'animal.

Il saisit à regret l'arme traditionnelle du harponneur et, quand la baleine se trouva en bonne position à la proue, il la plongea dans les profondeurs du gigantesque corps. Un gémissement sourd s'éleva des entrailles du monstre. En voyant le baleineau pousser son mufle contre le corps de sa mère, Yáñez tomba à genoux sur le château de proue, enleva sa casquette et se signa. Personne à bord n'avait jamais vu un baleineau agir ainsi.

– Qu'est-ce qu'il a, le pilote ? demanda Pedro.

– Il a tué une baleine qui venait de mettre bas, lui répondit le capitaine. Un baleinier ne fait jamais ça.

Dans la nuit, alors que le *Leviatán* rentrait au port à faible allure, en remorquant ses prises, une ombre sous les eaux suivait le cadavre de la baleine bleue. »

Francisco Coloane, *Le sillage de la baleine* (1962),
Phébus, 1998, traduit de l'espagnol par François Gaudry.

à vous...

Repérages
1 – Dans les chapitres 1 et 3, John de Nantucket fait remarquer à plusieurs reprises que la lagune découverte par l'équipage du *Léonore* en 1856 n'avait pas de nom.
a. Quels sont les noms qui seront attribués à « chaque recoin de [cette] lagune » après sa découverte ? Relevez un passage du récit qui justifie votre réponse.
b. Selon vous, quelles sont les connotations* associées à ces différents noms ?
c. Relevez une phrase du chapitre 4 dans laquelle Charles Melville Scammon exprime son désir de voir la lagune revenir à une situation antérieure à l'arrivée des hommes.

2 – Recherchez dans un dictionnaire de langue la signification exacte du terme « lagune », puis relevez trois expressions du chapitre 4 qui renvoient aux principales caractéristiques de cette étendue d'eau.

Expression écrite et orale
3 – Avec quelques-uns de vos camarades, préparez et présentez un exposé qui sera consacré au monde des baleines.
– Intéressez-vous, à la fois, au mode de vie de ces grands mammifères marins et aux périls qui les menacent.
– Faites des recherches au CDI pour enrichir vos connaissances et donner une dimension scientifique à vos propos.

4 – « Comment peut-on tuer ce qu'on aime ? [...] Comment peut-on détruire un secret ? » (p. 90-91)
En vous appuyant sur des exemples précis, tirés de vos lec-

tures ou de l'actualité, dites comment vous comprenez ces interrogations formulées par Charles Melville Scammon.

5 – Choisissez l'un des deux sujets de rédaction suivants :
• Sujet 1 : Quelques années plus tard (par rapport à l'époque du récit), Charles Melville Scammon et John se rencontrent sur une plage de la Californie mexicaine, non loin de la lagune où furent massacrées les baleines grises. Faites le récit de cette rencontre, en rapportant la conversation qu'échangent les deux hommes.
• Sujet 2 : Parvenu au terme de son existence, Charles Melville Scammon adresse une lettre à son ancien mousse, John de Nantucket, pour lui dire combien il regrette d'avoir découvert l'endroit où se rassemblaient les baleines grises. Rédigez cette lettre.

Lectures complémentaires

6 – Quels points communs percevez-vous entre les chapitres 3 et 4 de *Pawana* et le texte de Francisco Coloane présenté ci-dessus ? Relevez des éléments qui justifient votre réponse.

7 – Plusieurs œuvres littéraires ont été consacrées à la découverte, puis à la disparition, d'espèces vivantes d'une grande rareté. Lisez notamment le beau récit de François Place intitulé *Les derniers géants*, publié aux Éditions Casterman en 1992.

8 – Le poète Jacques Prévert s'est également élevé contre le massacre des baleines. Lisez le poème intitulé « La Pêche à la baleine » (*Paroles*, Éditions Gallimard, collection « Folio », p. 22-23), qui fut remarquablement mis en musique par Joseph Kosma.

Bilans

Nous avons fait remarquer, dans le premier Arrêt sur lecture de cet ouvrage (p. 42), que le personnage de Jonas pouvait être considéré comme une figure symbolique du lecteur qui se laisse emporter, dévorer par le livre dans lequel il est entré. Pour être tout à fait exact, il faut ajouter ceci : le rêve de tout écrivain n'est pas seulement d'offrir au lecteur un voyage dans le monde des livres ; il est aussi de conduire ce lecteur sur un rivage inconnu où commencera pour lui, comme pour Jonas, une vie nouvelle, vouée à la transmission d'une parole.

L'auteur Le Clézio n'échappe pas à cette règle : comme d'autres livres, *Pawana* fut écrit pour amener les lecteurs que nous sommes à porter un autre regard sur le monde des baleines et les choses de la vie. Arrivé au terme de ce voyage, chacun de nous est invité – comme ce fut jadis le cas de Jonas – à faire entendre le message d'un romancier engagé dans la défense d'un patrimoine naturel et humain.

Forme et significations

La structure de *Pawana* et les modalités d'écriture adoptées par Le Clézio sont en elles-mêmes porteuses de signification.

Le procédé de l'entrelacement

Nous avons constaté, au cours des Arrêts sur lecture, que ce roman faisait alterner deux récits consacrés à une même série d'événements :

– celui de John, présent dans les chapitres 1 et 3 (Récit A) ;
– celui de Charles Melville Scammon, présent dans les chapitres 2 et 4 (Récit B).

Ainsi qu'en témoigne le schéma suivant, l'auteur a donc choisi de recourir au procédé de l'entrelacement qui consiste à croiser deux récits indépendants :

Chapitre 1	Chapitre 2	Chapitre 3	Chapitre 4
Récit A	Récit B	Récit A	Récit B

Ce type de structure narrative n'est pas exceptionnel dans l'œuvre de Le Clézio. Dans *Désert,* roman publié en 1980, l'écrivain avait déjà mêlé deux récits nettement distincts :

– l'histoire de Nour et des nomades du désert, exterminés par les troupes de l'armée française lors de la colonisation du Sahara occidental ;
– l'histoire de Lalla, jeune Marocaine, née aux portes du désert, qui se voit contrainte de fuir son pays et de venir vivre à Marseille.

À la différence des récits qui composent *Pawana*, ces histoires ne se déroulent pas à la même époque : l'aventure de Nour et des « hommes bleus », qui est l'objet d'une narration au passé, se situe entre 1909 et 1912 ; celle de Lalla, relatée au présent, se déroule en revanche dans les dernières décennies du XXe siècle.

La confrontation des points de vue

L'originalité de *Pawana* réside dans le fait de raconter deux fois la même histoire, en opérant des changements de points de vue. La découverte de la lagune, où les baleines grises viennent mettre au monde leurs petits, est narrée par exemple une première fois par Charles Melville Scammon (p. 64 à 67) puis une seconde par John, de Nantucket (p. 82 à 84).

En faisant alterner deux récits concomitants, Le Clézio offre au lecteur une vision stéréoscopique de la réalité (sur ce point, voir ci-dessus, p. 95) : les deux personnages de *Pawana* sont engagés dans la même aventure, vivent simultanément les mêmes événements, mais ne portent pas le même regard sur ces événements. Le malentendu sur lequel repose leur première rencontre, un dimanche de janvier 1856, illustre parfaitement cette divergence de points de vue : si « le regard de l'enfant brill[e] étrangement », ce n'est pas qu'il rêve de devenir « immensément riche », comme semble le croire le capitaine du *Léonore* au début du roman, mais parce que le jeune mousse pressent le drame qui se jouera dans la lagune. Des années de cheminement, et le massacre d'innombrables baleines, seront nécessaires à Charles Melville Scammon pour comprendre l'intensité de ce premier regard, évoqué une nouvelle fois dans le dernier chapitre du roman (p. 90) :

> Je me souviens du regard de l'enfant qui était avec nous. Il me brûlait d'une question sans réponse. Je sais maintenant ce qu'était cette question. Il me demandait : comment peut-on tuer ce qu'on aime ?

Cette confrontation de points de vue, orchestrée par l'alternance de deux récits à la première personne, permet à l'auteur de *Pawana* de restituer les étapes d'une prise de conscience : le baleinier Charles Melville Scammon passe de l'extermination des cétacés au désir d'assurer leur sauvegarde.

L'autobiographie fictive

Les deux récits qui composent *Pawana* peuvent être également considérés comme des autobiographies fictives puisque John et le capitaine du *Léonore* relatent une partie de leur existence.

Étymologiquement, le terme « autobiographie » (*auto* : soi-même ; *bio* : la vie ; *graphie* : l'écriture) désigne le récit écrit qu'une personne fait de sa propre vie. Charles Melville Scammon et John de Nantucket étant les personnages d'une fiction (ce que l'écrivain Roland Barthes nommait des « êtres de papier »), ces autobiographies ne peuvent être que fictives. Le narrateur et le personnage principal de chaque récit constituent une seule et même personne que l'on ne saurait confondre avec l'auteur du roman : le capitaine Scammon, narrateur des chapitres 2 et 4, raconte une histoire dont il fut le premier protagoniste, mais n'est pas l'auteur de *Pawana*.

En dépit de cette distinction, on remarquera que les récits de John et de Charles Melville Scammon présentent trois caractéristiques majeures de l'écriture autobiographique.

Le dédoublement narratif – L'un et l'autre reposent sur ce que l'on pourrait appeler une **écriture de soi** qui implique une sorte de dédoublement : le narrateur adulte, ancré dans son présent, part à la recherche de l'enfant ou de l'homme qu'il était jadis. La distance qui sépare ce « il » ancien (celui des aventures vécues sur le *Léonore*) du « moi » présent confère aux récits de John et de son capitaine une dimension rétrospective clairement évoquée par l'emploi réitéré du verbe « se souvenir » : « <u>Je me souviens</u>, quand j'avais dix ans… » (p. 30) ; « Moi, Charles Melville Scammon […], approchant de mon terme, <u>je me souviens</u> de ce premier janvier de l'année 1856… » (p. 55).

Le respect de la chronologie – Les récits de mémoire que nous livrent les deux narrateurs de *Pawana* suivent, de manière rigoureuse, la chronologie des événements passés : dans les chapitres 1 et 3, John relate par exemple des péripéties qu'il a vécues à l'âge de huit ans (p. 29), dix ans (p. 30), dix-huit ans (p. 34), puis « trois ans plus tard », lorsqu'il revint dans la lagune sur un autre « baleinier de la Compagnie Nantucket » (p. 82). Comme celui de Charles Melville Scammon, son récit s'achemine jusqu'au présent de l'énonciation, suggéré à maintes reprises par l'adverbe de temps « maintenant » : « <u>Maintenant</u>, c'est moi qui suis vieux, comme le vieux Nattick, au commencement d'un nouveau siècle » (John, p. 33); « <u>Maintenant</u> que j'approche de ma fin, je pense à l'étrave de la chaloupe… » (Scammon, p. 93).

Les enjeux de l'autobiographie – Chaque narrateur de *Pawana* évoque ce qui l'éloigne, ou le rapproche, de l'être qu'il était dans le passé. Le premier d'entre eux souligne, par exemple, l'attachement qu'il éprouve pour la jeune Araceli, à laquelle il continue de songer (« C'est à Araceli que je pense encore ici, après tant d'années, sur cette plage vide », p. 85). Raconter, témoigner, relater des faits passés est pour lui une façon de lutter contre l'oubli. Les raisons qui poussent Charles Melville Scammon à narrer une partie de sa vie sont bien différentes. Le vieux baleinier s'attache à décrire ses conduites passées et ses motivations, évoquant avec sincérité la cupidité qui l'animait jadis (« Moi, je suis venu pour chercher de l'or. Je n'en ai pas trouvé, alors j'ai affrété ce bateau pour la chasse », p. 58).

À la fin du récit, ce second narrateur laisse entendre qu'il assume la responsabilité du massacre des baleines. Pour fictive qu'elle soit, son autobiographie s'apparente au repentir que formulent les êtres conscients de leurs erreurs passées.

Combats et message

À leur manière, les confessions de l'ancien chasseur constituent un plaidoyer pour la défense des baleines.

Un cri de révolte contre le massacre des baleines

Dans la postface de l'édition « Folio », Le Clézio explique qu'après des décennies de massacre les baleines sont revenues mettre bas dans la lagune, découverte au milieu du XIXe siècle par le capitaine Scammon :

« Venant du pôle Nord, elles descendent le long des côtes. C'est ce lieu qui leur est fondamental… Les baleines mâles bloquent et surveillent l'entrée de la lagune afin de protéger les baleineaux des requins. »

Ce retour aux sources pourrait paraître rassurant si un projet, conçu à la fin des années 1980, n'était venu menacer, une nouvelle fois, le sort des baleines grises de Basse Californie. Avant d'écrire *Pawana*, Le Clézio exprima son inquiétude dans des articles de presse. Pour lui, « dans notre monde de violence et d'injustice, les baleines sont les symboles de la liberté, de la beauté naturelle et de la force créatrice de la vie…. Une part de ce patrimoine commun que nous devons léguer à nos enfants. »

Vous aurez compris en lisant ces lignes que *Pawana* est l'œuvre d'un écrivain engagé dans une lutte pour la défense des grands mammifères marins. Le Clézio sait que d'absurdes massacres menacent aujourd'hui l'équilibre écologique des océans; que la baleine franche, la baleine bleue, la baleine à bosse, le rorqual commun sont sur la liste des espèces en voie de disparition; que leur sauvegarde est devenue un impératif de premier

Bilans

S'approcher des baleines pour les photographier : nous sommes loin de la chasse intensive. Pourtant, aujourd'hui d'autres menaces pèsent sur les cétacés comme la pollution ou la modification des équilibres biologiques.

ordre. Le combat de cet écrivain bien informé rejoint celui que mènent, sur le terrain, l'association Greenpeace ou le WWF (World Wide Fund), fonds mondial pour la nature, impliqué dans la sauvegarde des espèces végétales et animales menacées.

Il suffit de lire ces lignes de Jacques-Yves Cousteau et Yves Paccalet pour comprendre que la pollution des océans et les massacres perpétrés par les navires-usines ne sont plus les seuls facteurs de régression de la vie marine :

« Nous réservons un sort peu enviable aux cétacés que nous ne harponnons pas, comme aux poissons et aux crustacés que nous n'enfermons pas dans nos filets. Nous creusons de nouveaux ports de plaisance ou de commerce dans des endroits où les géants de l'onde aimaient à venir pâturer, se distraire ou se reproduire. La baleine grise de Californie mettait probablement bas dans la baie de San Diego, avant que l'homme et ses navires n'occupent la place. Chaque fois que nous colonisons des zones biologiquement critiques, des aires de jeux amoureux, des champs de multiplication du plancton ou des espaces favorables au frai des poissons, nous maltraitons indirectement telle ou telle espèce de baleine… »

Jacques-Yves Cousteau et Yves Paccalet,
La planète des baleines, Robert Laffont, 1986.

Un plaidoyer pour la défense des minorités humaines

L'engagement de Le Clézio ne se limite pas à ces prises de position contre le massacre des baleines. D'autres combats sont menés à travers la narration, pudique et retenue, de John de Nantucket.

La situation des femmes – John évoque par exemple, à deux reprises, le sort qui est fait aux femmes d'origine mexicaine que fréquentent épisodiquement marins et boucaniers. En faisant allusion à la prostitution (p. 37 et 40), au rôle sordide que joue Emilio (p. 40 et 86), à la violence physique et morale que subissent les filles (p. 40 et 86), Le Clézio dénonce avec vigueur l'exploitation de la sexualité et les rapports de domination qui s'établissent entre les êtres et entre les sexes. Ainsi que le signale Jeune Homme Hogan, personnage central du *Livre des fuites,* paru en 1969, le monde « n'est pas pur » et les hommes doivent quotidiennement se battre contre la solitude, le mal, la haine, l'indifférence et la peur. La fuite leur semble parfois la seule issue possible : c'est en tout cas celle que recherche Araceli, qui s'enfuit dans les montagnes, avant d'être traquée par Emilio qui « semblait un chasseur » (p. 86).

Le monde indien – L'esclavage n'est pas la seule cause des souffrances d'Araceli. Le passage dans lequel John évoque l'enterrement qui bouleversa sa vie affective laisse entendre que la jeune fille est également victime de ses origines indiennes (p. 86-87) :

> Comme elle n'était qu'une Indienne, ils n'ont pas dit de prières, ils n'ont pas mis de croix, ni rien pour marquer l'endroit où elle était enterrée.

En signalant, à la fin du chapitre 3, qu'il a trouvé « partout la tombe d'Araceli », « partout les mêmes pierres, la même terre remuée » (p. 88), John de Nantucket laisse entendre que d'autres Indiens furent victimes de l'homme blanc sur le continent américain. Les allusions à la disparition des Indiens nattick (p. 31-32) et l'évocation d'Araceli, qui « était seri » et « ne parlait aucune autre langue » (p. 40), font de John le porte-parole de l'écrivain. De longs séjours effectués au Panama, au Guatemala, puis au Mexique, ont fait de Le Clézio un fervent défenseur des civilisations amérindiennes aujourd'hui menacées d'extinction. Dans l'essai intitulé *La fête chantée,* paru en 1997, le romancier démontre que l'homme blanc est à l'origine d'un désastre écologique majeur sur le continent américain, l'extermination des bisons ayant contribué à faire disparaître d'innombrables communautés indiennes.

« TOUTES CHOSES SONT LIÉES

Les nations du Nord et du Nord-Ouest, les « barbares », les « vagabonds », sont celles qui ont vécu de la façon la plus dramatique l'enfermement dans la violence. Nomades vivant en grande partie de la chasse sur l'immense territoire qui va des déserts du Sonora et du Durango jusqu'au Canada, et comprenant les hauts plateaux et les savanes du centre du continent,

Apaches, Lipans, Utes, Comanches, Arapahoes, Pawnees, Sioux, Wichitas, Cheyennes, Crows, Mandans, Osages, tous ceux qu'on a appelés les Peuples du Bison vivaient dans un équilibre fragile, qui reposait en grande partie sur la chasse. Le bison était la principale source de survie : la chair et le sang nourrissaient l'Indien, les cornes et les sabots lui servaient d'armes, d'outils, de colle, le cuir lui servait pour les tentes, pour les habits, les tendons pour les liens, l'estomac des veaux lui fournissait le lait caillé, le fiel était une teinture. Le massacre du bison, perpétré par les colons anglo-saxons, fut l'un des plus grands désastres écologiques de tous les temps. Les plaines autrefois vivantes, peuplées de nomades, devinrent [...] les plaines cimetières où l'Indien errait sans but et sans ressources, pris dans le cauchemar d'un monde sans vie. »

J. M. G. Le Clézio, « Toutes choses sont liées », dans *La fête chantée,* Le Promeneur, 1997.

Une mise en accusation de l'Occident

Qu'il s'agisse de bisons ou de baleines, la problématique est la même. Nous aurions tort de croire que leur disparition n'affecte que le monde marin ou le règne animal. Toutes choses étant liées, l'extinction de diverses espèces de cétacés entraîne des déséquilibres écologiques qui menacent également les êtres humains. En ce sens, le message que délivrent John de Nantucket et Charles Melville Scammon est à la fois simple et terrible : dans leur langage respectif, chacun d'eux laisse entendre, comme l'écrit encore Le Clézio dans *La fête chantée,* que « tout ce qui arrive aux bêtes ne tarde pas à arriver à l'homme ». La progressive disparition des baleines est la preuve que les êtres humains ne parviennent pas – ou ne parviennent plus – à vivre harmonieusement avec la nature, à sauvegarder la « beauté du monde », à prendre soin de la terre qui les nourrit.

L'interrogation que le chasseur de baleines lit dans le regard de l'enfant à l'heure du carnage révèle, à elle seule, la signification du roman : « Comment peut-on tuer ce qu'on aime ? »

La conversion de Charles Melville Scammon, qui prend fait et cause pour la sauvegarde des baleines après les avoir massacrées, pourrait être résumée en une formule lapidaire et profonde : pendant longtemps, **le chasseur crut que la terre appartenait à l'homme**; arrivé au terme de son existence, il comprend enfin que **c'est l'homme qui appartient à la terre**.

Pour Le Clézio, la mise à mort d'une baleine venue donner la vie dans les eaux douces de la lagune n'est pas seulement un acte grave. Au-delà du préjudice causé à la nature, cet acte de barbarie révèle la fragilité de l'homme et des civilisations les plus développées : en souillant la pureté du monde, les êtres humains portent atteinte à leur propre vie et préfigurent leur propre disparition.

C'est également ce que suggère l'écrivain Paul Gadenne dans *Baleine*, petit livre d'une rare beauté. Le narrateur et son amie Odile découvrent, lors d'une promenade au bord de la mer, une baleine échouée sur une plage. Ce mammifère marin en décomposition devient pour eux le symbole d'un monde partagé entre ombre et lumière, grandeur et destruction.

« BALEINE

Nous ne quittions plus des yeux cette émergence, ce gonflement de matière lisse et un peu livide, qui faisait penser à une pâte soumise au feu, à un nuage pétrifié, à une île pluvieuse et perdue. Cela devait être assez profondément enfoui, car on apercevait alentour de petites émergences toutes semblables. La mer se retirait à peine. Le vent soufflait sur une écume jaunie qui venait expirer sous la bête, et quelques vagues l'atteignaient encore, soulevant à son extrémité une sorte de long et moelleux plumage.

À vrai dire, il fallait un effort pour penser *cela* en termes de vie, pour se persuader qu'il y avait là une vie éteinte, et non pas seulement une masse inorganique. Mais à défaut du reste, un détail était là pour nous rappeler que cette chose avait été vivante : c'était l'odeur. […]

Et maintenant, que pouvions-nous faire ?... La tête en avant, délaissée enfin par les dieux de la mer, la queue pointant vers la falaise, la baleine continuait à s'enliser, à se dérober à nous. Un jour, les derniers vestiges évanouis, des enfants viendraient là construire leurs tranchées et leurs châteaux forts pour une heure ; et on leur conterait peut-être, sans trop y croire, une très belle histoire de baleine, qui irait se loger d'emblée dans ce coin de leur imagination réservé de tout temps aux descriptions d'animaux merveilleux, à la connaissance du mammouth et de l'ornithorynque, en même temps qu'aux voyages d'Ulysse et aux aventures de Robinson.

Mais ceci n'était pas une histoire pour nous. Pour nous, la baleine était ce trait jeté en travers de la plage, comme une rature ; c'était cette mare aux reflets de jasmin et d'ortie, cet épanchement paresseux promis aux plus troubles métamorphoses. […]

Une énorme accusation s'élevait de cette plage étroite, de cet accablement gélatineux – une accusation qui recouvrait le monde. Hommes et bêtes, nous avions le même ennemi, nous n'avions qu'une seule science, qu'une seule défense, nous étions ligués. Une pitié démesurée, que nous ne pouvions empêcher de retomber sur nous-mêmes, nous montait à la gorge, devant les restes dérisoires de l'animal biblique, du Léviathan échoué. Cette baleine nous paraissait être la dernière ; comme chaque homme dont la vie s'éteint nous semble être le dernier homme. Sa vue nous projetait hors du temps, hors de cette terre absurde qui dans le fracas des explosions semblait courir vers sa dernière aventure. Nous avions cru ne voir qu'une bête ensablée : nous contemplions une planète morte. »

Paul Gadenne, *Baleine*, Actes Sud, 1982.

Annexes

De vous à nous

Ouvertures (p. 19)

Orthographe et expression écrite

1 – « Oradi noir » est le récit d'un enfant, ainsi qu'en témoignent

 – **les thèmes abordés :** le voyage en mer et le naufrage ; la confrontation avec les baleines ; le sauvetage des bêtes sur des barils tombés à la mer, etc. ;

 – **les fautes d'orthographe** : « pourtan_n_ » ; « cela lui brul_er_ la langue » ; « Je croi_s_ » ; « une bal_ei_ne » ; « n'en parl_er_ à per_s_one » ; « Le bateau cour_u_ de toutes ses for_ce_ » ; « Le bateau co_m_ança à faire une pirou_é_tte par l'avant, pu_i_ il s'enfonça à l'ar_i_ère », etc. ;

 – **les tournures de style** qui restent proches de la langue parlée : « Il vit pendant quatre jours une énorme masse qui bougeait. […] Un jour il dit qu'il avait vu une énorme masse qui bougeait » ; « le bateau était de marchandise et de bêtes » ; « La baleine croyant que c'était une mouche ou un oiseau, elle fit battre l'eau avec sa queue » ; « Mais qu'importe, le tout c'est qu'elle soit vide », etc.

Vocabulaire

2 – Le terme *pawana* signifie baleine en langue nattick indienne.

3 – **a.** Le terme « baleine » possède deux significations principales puisqu'il désigne à la fois :

• un mammifère cétacé de très grande taille (jusqu'à 20 mètres de long) dont la bouche est garnie de lames cornées (appelées fanons) ;

• la corne forte et flexible dont on se servait pour la garniture des corsets et la fabrication des parapluies (Dictionnaire *Le Robert*).

b. Le passage d'une signification à l'autre est évident : à l'origine, corsets et parapluies étaient fabriqués avec des fanons de baleines. Cette dénomination subsiste, mais les baleines sont aujourd'hui en métal ou en matière plastique.

c. Si les idées vous manquent, inspirez-vous de ce petit texte extrait des *Histoires naturelles* de Jules Renard :

La baleine

Elle a bien dans la bouche de quoi se faire un corset, mais avec ce tour de taille !…

4 – a. Les expressions familières qui font référence aux baleines sont : « rire comme une baleine » ou « se tordre comme une baleine ».

b. Cette comparaison fait allusion à la bouche démesurément grande des baleines. Elle désigne donc le fait de rire en ouvrant la bouche toute grande.

Recherches documentaires

5 – (a et b). Le Léviathan, évoqué dans l'anthologie par laquelle débute *Moby Dick,* est un animal marin gigantesque qui « fait bouillonner les abysses comme une chaudière ». Cette créature, qui s'apparente à une baleine, apparaît dans les psaumes de la Bible (notamment dans le psaume 104).

6 – a. Nantucket est un port baleinier qui se situe en Nouvelle-Angleterre, au large de la côte est des États-Unis.

b. John, le premier narrateur de *Pawana,* est originaire de Nantucket.

7 – Les trois affirmations sont inexactes :

• Non, une baleine ne peut pas avaler un homme, car ses fanons ne laissent passer que de petits animaux marins (plancton, crevettes, poissons, etc.).

• Le cachalot, qui est dépourvu de fanons, pourrait théoriquement avaler un homme ; mais ce dernier, selon les spécialistes, « ne pourrait guère survivre, à l'intérieur du cétacé, plus longtemps que s'il était plongé sous l'eau » (Pierre Brudker, *Baleines et baleiniers*).

• Buffon affirmait qu'une baleine pouvait vivre mille ans ! C'est totalement faux : en réalité, les baleines vivent en moyenne vingt-cinq ans.

Annexes

Arrêt sur lecture 1 (p. 53)

Repérages géographiques

1 – (a et b). Ces indications vous aideront à réaliser votre carte : John est né sur l'île de Nantucket, non loin de New Bedford, au large de la côte est des États-Unis (à environ 200 kilomètres au nord-est de New York). L'aventure vécue à bord du *Léonore* l'entraînera dans l'océan Pacifique, sur la côte ouest des États-Unis. Le narrateur adulte s'installera en basse Californie, dans le village de Punta Bunda, dans la baie d'Ensenada (à environ 100 kilomètres au sud de San Diego).

Vocabulaire

2 – a. Le terme « évent » désigne l'ouverture, simple ou double, des fosses nasales (c'est-à-dire des narines) des cétacés. Cette ouverture, qui se situe sur le sommet de la tête, permet aux cétacés d'expirer une vapeur d'eau qui se condense au contact de l'air froid, formant une sorte de colonne nuageuse qui retombe en gouttelettes.

b. Contrairement à ce que l'on croit parfois, la baleine ne rejette pas l'eau qu'elle avale par la bouche, mais l'air qu'ont absorbé ses poumons. En ce sens, son fonctionnement n'est pas très différent de celui des mammifères terrestres. On notera que la durée de plongée des cétacés varie selon les espèces, de cinq ou six minutes à une heure et demie.

3 – Différentes espèces de baleines sont évoquées dans ce chapitre : la baleine franche, le rorqual, le cachalot et la baleine à bosse (p. 29).

4 – a. Le narrateur évoque également les requins, poissons carnivores de grande taille, et les orques, mammifères marins appartenant à la famille des dauphins (p. 30).

b. « Elle pêchait des **camarons**, des poissons sans écailles » (p. 38).

5 – (a et b). À l'origine, les boucaniers étaient des aventuriers qui chassaient les bœufs sauvages de Saint-Domingue pour en « boucaner » (c'est-à-dire faire sécher) la viande. Par extension, le terme « boucanier » désigne les pirates qui écument la mer des Caraïbes et les côtes américaines.

Lectures complémentaires

6 – Le conte d'Alain Le Goff et le roman de Le Clézio présentent plusieurs points communs :

• Ils font référence au même port baleinier (« Nantucket était le plus grand port baleinier de toute la côte est des États-Unis »).

• L'un et l'autre signalent que « les marins venaient de toutes les parties du monde » (*Pawana*, p. 35) (« Sur les quais on trouvait des matelots qui venaient de toutes les mers du globe ; des Norvégiens, des Anglais, des Bretons, des Basques, des Portugais, des hommes des îles des Açores, des Africains de la côte ouest, des Malais et des Chinois, des Kanaks des îles du Pacifique, des paysans du Vermont et des Irlandais de New York »).

• Ces deux auteurs évoquent les perspectives d'enrichissement qu'offre l'industrie baleinière (« Les armateurs avaient des chaînes en or sur le ventre et les capitaines étaient des hommes riches et respectés »).

Arrêt sur lecture 2 (p. 80)

Repérages chronologiques

1 – (a et b). Ces indications vous aideront à réaliser la fiche d'identité du premier narrateur de *Pawana* et à reconstituer les grandes étapes de son itinéraire sur une frise chronologique. Nous savons :

• que John est né sur l'île de Nantucket dans une famille de marins ;

• qu'il s'est engagé comme mousse sur le *Léonore* à l'âge de dix-huit ans ;

• qu'il a atteint, avec l'équipage de ce navire, les côtes de la Californie mexicaine en janvier 1856 (il est donc vraisemblablement né vers 1838) ;

• qu'il est revenu sur les lieux du carnage trois ans plus tard ;

• qu'il passe la fin de sa vie dans le village de Punta Bunda, dans la baie d'Ensenada.

Vocabulaire

2 – a. Le terme « encablure », qui est dérivé du terme « câble », désigne

une ancienne mesure de longueur utilisée pour les câbles des ancres et l'estimation des petites distances (environ 200 mètres).
b. Un chenal est un passage, naturel ou aménagé, ouvert à la navigation, qui peut se situer à l'entrée d'un port, entre deux rochers ou deux îles, dans le lit d'un fleuve, dans une baie qui comporte des bancs de sable. Le narrateur parle également d'un « passage » (p. 57), d'une « échancrure » (p. 59), de l'« entrée d'une lagune » (p. 61).
c. Le terme « bâbord » désigne le côté gauche d'un navire en regardant vers la proue. Le terme « tribord » désigne le côté droit.
3 – a. L'étrave est la pièce saillante qui forme la proue d'un navire.
b. La dunette est la partie surélevée qui se trouve sur le pont arrière d'un navire et qui s'étend sur toute sa largeur.
c. L'homme de vigie est le matelot placé en observation dans la mâture ou à la proue d'un navire.

Lectures complémentaires

4 – De multiples liens intertextuels unissent *Pawana* à *Moby Dick*, qui est considéré comme l'un des chefs-d'œuvre de la littérature universelle :

• Le capitaine du *Léonore* porte un nom qui rappelle celui de l'écrivain américain (Herman Melville / Charles Melville Scammon).

• L'histoire narrée par Le Clézio se déroule à l'époque où fut rédigé *Moby Dick* (au milieu du XIXe siècle).

• Ces deux œuvres romanesques sont consacrées au même thème (la chasse à la baleine) et font allusion aux mêmes lieux (la région de Nantucket et de New Bedford).

• On remarquera enfin que *Moby Dick* narre, comme *Pawana*, la rencontre entre un jeune mousse et un capitaine (le capitaine Achab) qui sillonne les mers à la recherche des baleines.

Arrêt sur lecture 3 (p. 103)

Repérages

1 – a. Les noms attribués à « chaque recoin de la lagune » après sa découverte sont évoqués dans ce passage du chapitre 3 :

« Maintenant, ce n'était plus le lieu secret, sans nom, tel qu'il existait depuis le commencement du monde. Chaque recoin de la lagune, chaque baie, chaque banc avait son nom, le nom d'un harponneur, d'un marin, <u>le lac Cooper</u>, <u>la mare aux poissons</u>, <u>la lagune du fort</u>, <u>le grand rocher</u>, <u>la lagune principale</u>, <u>la digue</u>, <u>le nouveau port</u>, <u>les salines</u> » (*Pawana*, p. 84).

b. Ces noms connotent essentiellement la présence des hommes dont ils évoquent l'identité (« le lac Cooper ») ou les activités maritimes (« la mare aux poissons », « la lagune du fort », « la lagune principale », « la digue », « le nouveau port », « les salines »).

c. À la fin du récit, Charles Melville Scammon exprime également son désir de voir la lagune recouvrer sa solitude et sa pureté originelles, en perdant les noms que lui ont attribués les hommes : « Alors le ventre de la terre pourrait recommencer à vivre, et les corps des baleines glisseraient doucement dans les eaux les plus calmes du monde, dans cette lagune <u>qui enfin n'aurait plus de nom</u> » (*Pawana*, p. 93).

2 – Une lagune est une étendue d'eau de mer comprise entre la terre ferme et un cordon littoral généralement percé de passes (Dictionnaire *Le Robert*). Cette réalité est suggérée à plusieurs reprises dans le récit qui évoque successivement :

– la proximité de la côte (« j'ai ouvert le passage dans cette côte inconnue, jusqu'à cette échancrure, cette île basse, ce chenal où à la marée montante se bousculaient les baleines pleines... », p. 89) ;

– la douceur des eaux de la lagune (« ... ce chenal où à la marée montante se bousculaient les baleines pleines, impatientes d'accoucher dans les eaux douces de la lagune », p. 89 ; « les corps des baleines glisseraient doucement dans les eaux les plus calmes du monde », p. 93) ;

– la présence de bancs de sable (« Certaines baleines blessées entraînaient la chaloupe jusqu'aux hauts-fonds, et il fallait trancher le filin à la hache pour ne pas s'échouer sur les bancs », p. 90).

Lectures complémentaires

6 – Le texte de Francisco Coloane et les chapitres 3 et 4 de *Pawana* présentent plusieurs analogies :

- L'un et l'autre mettent en scène un capitaine expérimenté (Charles Melville Scammon ; Albarrán) et un jeune mousse (John de Nantucket ; Pedro Nauto).
- Les deux textes évoquent la fin d'un carnage (« huit cadavres flottaient dans la zone de chasse. L'orgie de sang semblait toucher à sa fin ») et la mise à mort d'une femelle qui venait de donner la vie (« Il a tué une baleine qui venait de mettre bas »).
- Les romans de Francisco Coloane et de J. M. G. Le Clézio s'achèvent sur une prise de conscience du chasseur adulte (Charles Melville Scammon et Albarrán) qui s'en veut d'avoir porté atteinte à la beauté du monde.

Glossaire

Anaphore : répétition d'un mot ou d'un groupe de mots au début d'un vers ou d'une phrase. On parle également de **reprise anaphorique**.
Antithèse : opposition de sens entre deux mots ou deux expressions.
Champ lexical : ensemble des mots ou des expressions d'un texte qui se rapportent au même thème ou concourent à une même signification.
Champ sémantique : ensemble des significations d'un même mot, dont on trouve la description dans un article de dictionnaire.
Comparaison : rapprochement de deux termes à l'aide d'un adverbe, d'une locution (« comme », « tel que », « de même que ») ou d'un verbe indiquant une ressemblance (« sembler », « paraître »).
Connotation : ensemble des significations que peut prendre un mot en fonction du contexte, des intentions de l'auteur, des perceptions du lecteur. (La connotation s'oppose à la **dénotation**, qui est le sens premier d'un mot.)
Ellipse : Omission (voulue ou non) d'un ou plusieurs mots dans une phrase qui reste cependant compréhensible. Par extension, la notion

d'**ellipse narrative** désigne un saut dans la progression du récit, l'omission d'une étape de l'histoire racontée.

Emphase : tournure de style consistant à mettre en relief un élément de la phrase ou à en exagérer l'importance. On parle également de **tournure emphatique**.

Énonciation : acte qui consiste à produire un message (c'est-à-dire un énoncé) dont la valeur informative dépend de celui qui l'a produit.

Étymologie : ce terme désigne à la fois l'origine d'un mot et l'étude de son sens à partir de ses racines.

Paratexte : éléments qui n'appartiennent pas au texte proprement dit, mais qui l'entourent : titre, dédicace, notes de bas de page, références éditoriales, etc.

Redondance : procédé consistant à redonner plusieurs fois la même information dans une phrase, à répéter sous diverses formes la même idée.

Bibliographie

Pour retrouver le monde des baleines
• **Récits**

Francisco Coloane, *Le sillage de la baleine,* Phébus, 1998.
Carlo Collodi, *Pinocchio,* Le Livre de Poche, 1983.
Alexandre Dumas, *Les baleiniers,* Paris, 1858.
Paul Gadenne, *Baleine,* Actes Sud, 1992.
Gérard Janichon, *Tempêtes sur un baleinier,* Gallimard, coll. « Folio junior », 1998.
Rudyard Kipling, « Le Gosier de la baleine », dans *Histoires comme ça,* Gallimard, coll. « Folio », 1978.
Alain Le Goff, *Baleines, Baleines*, coll. « contes et récits », Théâtres en Bretagne, 1999.
Herman Melville, *Moby Dick,* Gallimard, coll. « Folio », 1980.
Mickaël Morpurgo, *Le jour des baleines,* Gallimard, coll. « Folio junior », 1990.
Luis Sepulveda, *Le monde du bout du monde,* Métailié, 1993.

- **Documentaires**
Georges Blond, *La grande aventure des baleines,* Fayard, 1953.
Yves Cohat, *Vie et mort des baleines,* Gallimard, coll. «Découvertes», 1986.
Jacques-Yves Cousteau et **Yves Paccalet**, *La planète des baleines,* Robert Laffont, 1986.
Je bouquine, «Sauvons les baleines!», n° 128, octobre 1994, Bayard Presse Jeune.
TDC (Textes et documents pour la classe), «Les baleines : arrêter le massacre», n° 661, octobre 1993, éditions du CNDP.

- **Film et bande dessinée**
John Huston, *Moby Dick*, États-Unis, 1956 (avec Gregory Peck dans le rôle du capitaine Achab)
Sérafini et **Paccalet**, «Les Pièges de la mer», *L'aventure de l'équipe Cousteau en bandes dessinées,* Robert Laffont, 1986.

Pour mieux connaître l'œuvre de J. M. G. Le Clézio
- **Ouvrages de l'auteur**
(Sauf indications contraires, toutes ces œuvres de Le Clézio sont publiées aux Éditions Gallimard.)
Mondo et autres histoires, 1978.
Désert, 1980.
La ronde et autres faits divers, 1982.
Le chercheur d'or, 1985.
Voyage à Rodrigues, 1986.
Sirandanes (avec Jémia Le Clézio), Seghers, coll. «Volubile», 1990.
Onitsha, 1991.
Étoile errante, 1992.
La quarantaine, 1995.
Ailleurs (Transcription d'entretiens radiophoniques avec J.-L. Ézine), Arléa, 1995.
Poisson d'or, 1997.
Gens des nuages (avec Jémia Le Clézio), Stock, 1997.
Cœur brûlé et autres romances, 2000.

• **Ouvrages critiques**
Germaine Brée, *Le monde fabuleux de Le Clézio,* Rodopi, Amsterdam-Atlanta, 1990.
Gérard de Cortanze, *J. M. G. Le Clézio*, Gallimard, coll. « Folio », 1999.
Simone Domange, *Le Clézio ou la quête du désert*, Imago, 1993.
Bruno Doucey, *« Désert » de J. M. G. Le Clézio* , Hatier, coll. « Profil d'une œuvre », 1994.
Jean Onimus, *Pour lire Le Clézio*, Presses Universitaires de France, 1994.
Magazine littéraire, « Le Clézio, errances et mythologies », n° 362, février 1998 (sous la direction de Gérard de Cortanze).

TABLE DES MATIÈRES

Ouvertures — 5

Chapitre 1. John, de Nantucket — 27

Arrêt sur lecture 1 — 42

Chapitre 2. Charles Melville Scammon — 55

Arrêt sur lecture 2 — 68

Chapitre 3. John, de Nantucket — 82
Chapitre 4. Charles Melville Scammon — 89

Arrêt sur lecture 3 — 94

Bilans — 105
Annexes — 119

Dans la même collection

Collège
La Bible (extraits) (73)
25 Fabliaux (74)
La poésie engagée (anthologie) (68)
La poésie lyrique (anthologie) (91)
Le roman de Renart (textes choisis) (114)
Victor Hugo, une légende du 19e siècle (anthologie) (83)
Homère, Virgile, Ovide – **L'Antiquité** (textes choisis) (16)
Guillaume Apollinaire – **Calligrammes** (107)
Honoré de Balzac – **La vendetta** (69)
Robert Bober – **Quoi de neuf sur la guerre ?** (56)
Évelyne Brisou-Pellen – **Le fantôme de maître Guillemin** (18)
Chrétien de Troyes – **Le chevalier au lion** (65)
Arthur Conan Doyle – **Le chien des Baskerville** (75)
Pierre Corneille – **Le Cid** (7)
Jean-Louis Curtis, Harry Harrison, Kit Reed – **3 nouvelles de l'an 2000** (43)
Didier Daeninckx – **Meurtres pour mémoire** (35)
Roald Dahl – **Escadrille 80** (105)
Alphonse Daudet – **Lettres de mon moulin** (42)
Michel Déon – **Thomas et l'infini** (103)
Régine Detambel – **Les contes d'Apothicaire** (2)
François Dimberton, Dominique Hé – **Coup de théâtre sur le Nil** (41)
Alexandre Dumas – **La femme au collier de velours** (57)
Georges Feydeau – **Feu la mère de Madame** (47)

Émile Gaboriau – **Le petit vieux des Batignolles** (80)
Romain Gary – **La vie devant soi** (102)
William Golding – **Sa Majesté des Mouches** (97)
Eugène Labiche – **Un chapeau de paille d'Italie** (17)
Jean de La Fontaine – **Fables** (choix de fables) (52)
Guy de Maupassant – **13 histoires vraies** (44)
Prosper Mérimée – **Mateo Falcone et La Vénus d'Ille** (76)
Molière – **Les fourberies de Scapin** (4)
Molière – **Le médecin malgré lui** (3)
Molière – **Le bourgeois gentilhomme** (33)
Molière – **Les femmes savantes** (34)
Molière – **L'avare** (66)
Molière – **George Dandin** (87)
Molière – **Le malade imaginaire** (110)
James Morrow – **Cité de vérité** (6)
Charles Perrault – **Histoires ou contes du temps passé** (30)
Marco Polo – **Le devisement du monde** (textes choisis) (1)
Jules Romains – **Knock** (5)
George Sand – **La petite Fadette** (51)
Robert Louis Stevenson – **L'île au trésor** (32)
Jonathan Swift – **Voyage à Lilliput** (31)
Michel Tournier – **Les rois mages** (106)
Paul Verlaine – **Romances sans paroles** (67)
Voltaire – **Zadig** (8)
Émile Zola – **J'accuse!** (109)

Lycée

128 poèmes composés en langue française, de Guillaume Apollinaire à 1968 (anthologie de Jacques Roubaud) (82)

Le comique (registre) (99)

Le didactique (registre) (92)

L'épique (registre) (95)

Portraits et autoportraits (anthologie) (101)

Le satirique (registre) (93)

Le tragique (registre) (96)

Guillaume Apollinaire – **Alcools** (21)

Honoré de Balzac – **Ferragus** (10)

Honoré de Balzac – **Mémoires de deux jeunes mariées** (100)

Honoré de Balzac – **Le père Goriot** (59)

Jules Barbey d'Aurevilly – **Le chevalier des Touches** (22)

Charles Baudelaire – **Les Fleurs du Mal** (38)

Charles Baudelaire – **Le spleen de Paris** (64)

Beaumarchais – **Le mariage de Figaro** (28)

Béroul – **Tristan et Yseut – Le mythe de Tristan et Yseut** (63)

Pierre Corneille – **L'illusion comique** (45)

Denis Diderot – **Supplément au voyage de Bougainville** (104)

Annie Ernaux – **Une femme** (88)

Fénelon – **Les aventures de Télémaque** (116)

Gustave Flaubert – **Un cœur simple** (58)

Théophile Gautier – **Contes fantastiques** (36)

André Gide – **La porte étroite** (50)

Goethe – **Faust** (mythe) (94)

Nicolas Gogol – **Nouvelles de Pétersbourg** (14)

J.-C. Grumberg, P. Minyana, N. Renaude – **3 pièces contemporaines** (89)
E.T.A. Hoffmann – **L'Homme au sable** (108)
Victor Hugo – **Les châtiments** (13)
Victor Hugo – **Le dernier jour d'un condamné** (46)
Eugène Ionesco – **La cantatrice chauve** (11)
Sébastien Japrisot – **Piège pour Cendrillon** (39)
Alfred Jarry – **Ubu roi** (60)
Thierry Jonquet – **La bête et la belle** (12)
Madame de Lafayette – **La princesse de Clèves** (86)
Jean Lorrain **Princesses d'ivoire et d'ivresse** (98)
Marivaux – **Le jeu de l'amour et du hasard** (9)
Roger Martin du Gard – **Le cahier gris** (53)
Guy de Maupassant – **Une vie** (26)
Guy de Maupassant – **Bel-Ami** (27)
Henri Michaux – **La nuit remue** (90)
Molière – **Dom Juan – Mythe et réécritures** (84)
Molière – **Le Tartuffe** (54)
Molière – **Le Misanthrope** (61)
Molière – **L'école des femmes** (71)
Montaigne – **De l'expérience** (85)
Montesquieu – **Lettres persanes** (lettres choisies) (37)
Alfred de Musset – **On ne badine pas avec l'amour** (77)
Raymond Queneau – **Les fleurs bleues** (29)
Raymond Queneau – **Loin de Rueil** (40)
Jean Racine – **Britannicus** (20)
Jean Racine – **Phèdre** (25)
Jean Racine – **Andromaque** (70)

Jean Racine – **Bérénice** (72)
Jean Renoir – **La règle du jeu** (15)
William Shakespeare – **Roméo et Juliette** (78)
Georges Simenon – **La vérité sur Bébé Donge** (23)
Catherine Simon – **Un baiser sans moustache** (81)
Sophocle – **Œdipe roi – Le mythe d'Œdipe** (62)
Stendhal – **Le rouge et le noir** (24)
Villiers de l'Isle-Adam – **12 contes cruels** (79)
Voltaire – **Candide** (48)
Émile Zola – **La curée** (19)
Émile Zola – **Au Bonheur des Dames** (49)

Pour plus d'informations:
http://www.gallimard.fr
ou
La bibliothèque Gallimard
5, rue Sébastien-Bottin – 75328 Paris cedex 07

Cet ouvrage a été composé
et mis en pages par In Folio à Paris,
achevé d'imprimer par Novoprint
en mars 2003.
Imprimé en Espagne.

Dépôt légal : mars 2003
ISBN 2-07-042842-7

121857